木ノ葉新伝
湯煙忍法帖
KONOHA SHINDEN
YUKEMURI NINPOCHO
青春

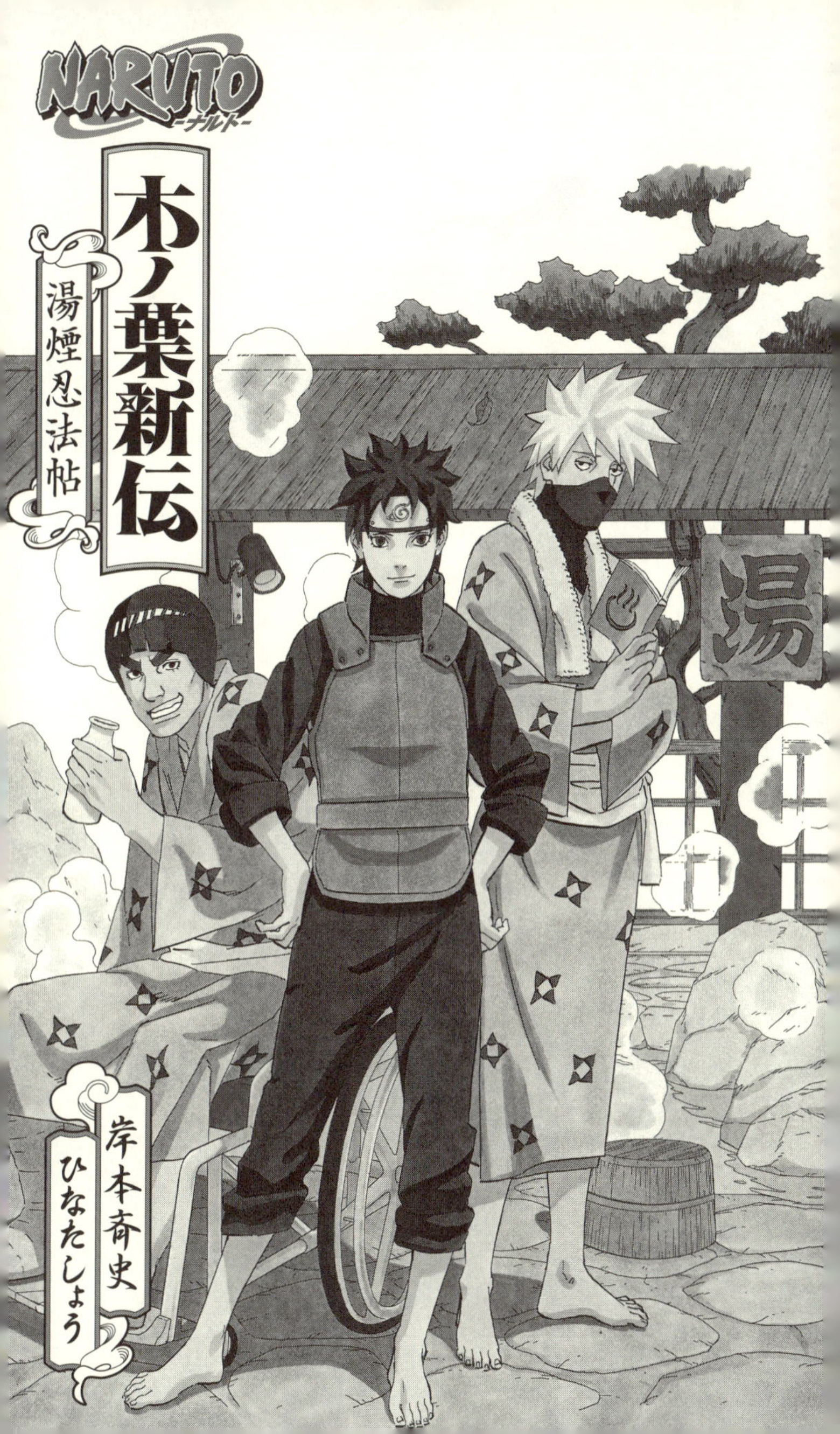
NARUTO
-ナルト-
木ノ葉新伝
湯煙忍法帖
岸本斉史
ひなたしょう
湯

シュビ
応援《おうえん》ありがとう!!!
は?
補欠《ほけつ》の発表《はっぴょう》はまだだろ…?
アカデミーもバカじゃない…
彼《かれ》の名前《なまえ》を聞《き》いて覚《おぼ》えておくといい…
いいライバルになるよ
イチャイチャパラダイス
夜《ヤ》ガイ!!!

目次

お前達《まえたち》に…オレの"玉《ぎょく》"を…託《たく》す…!!
その子《こ》が産《う》まれたら
今度《こんど》はオレがその手《て》を守《まも》る師《し》ですから…
これがオレのチャクラ刀《とう》だ
ブウウウン
かっこいい父親《オヤジ》だったよ…

湯
ハイ!! ですが バッテバテ です ガイ先生《せんせい》!!
ズルル
グダァー
心《こころ》に体《からだ》がまったく 付《つ》いて行って ないじゃん!
!

人《ひと》の痛《いた》みを知《し》らねェ クソヤローには
神《かみ》の裁《さば》きが 下《くだ》るぜ
木ノ葉《こは》をになう これからの子供達《こどもたち》…
それが"玉《ぎょく》"さ
王
パチン
大体今回《だいたいこんかい》の仕事《ノルマ》は オレの宗派《しゅうは》にゃ 合《あ》わねーんだよ
ジャシン教《きょう》は 殺戮《さつりく》がモットー
半殺《はんごろ》しは 駄目《ダメ》だと 戒律《かいりつ》で 決《き》まってる
何《なん》だ ナルト?
オレは今《いま》 休養中《きゅうようちゅう》だって 言《い》って

人物紹介◎相関図
三代目火影《ほかげ》
祖孫
猿飛《さるとび》ヒルゼン
猿飛《さるとび》一族最強の忍者
猿飛木ノ葉丸《さるとびこのはまる》
木ノ葉隠れの里の上忍
師弟
六代目火影《ほかげ》
はたけカカシ
木ノ葉隠れの里の元火影《ほかげ》
師弟
七代目火影《ほかげ》
うずまきナルト
木ノ葉隠れの里の英雄
夫婦
親子
うずまきボルト
忍者学校《アカデミー》の生徒
うずまきヒナタ
日向《ひゅうが》家出身の白眼《びゃくがん》使い
うずまきヒマワリ
ボルトの妹
マイト・ガイ
木ノ葉の気高き碧い猛獣
師弟
師弟
師弟
ロック・リー
木ノ葉一の努力の天才
テンテン
木ノ葉一の忍具使い

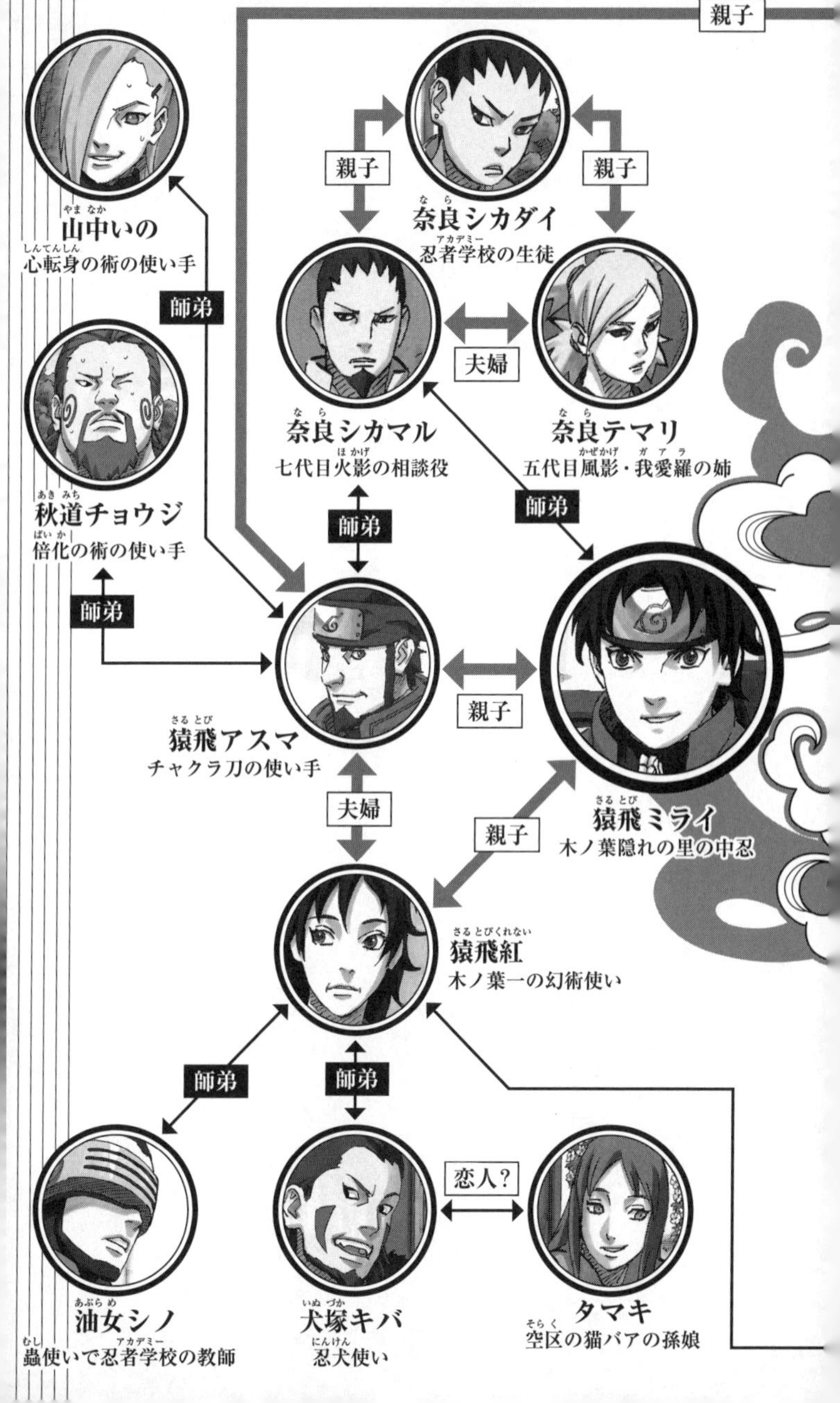

親子
親子
奈良《なら》シカダイ
忍者学校《アカデミー》の生徒
親子
山中《やまなか》いの
心転身《しんてんしん》の術の使い手
師弟
奈良《なら》シカマル
七代目火影《ほかげ》の相談役
夫婦
奈良《なら》テマリ
五代目風影《かぜかげ》・我愛羅《ガアラ》の姉
秋道《あきみち》チョウジ
倍化《ばいか》の術の使い手
師弟
師弟
師弟
猿飛《さるとび》アスマ
チャクラ刀の使い手
親子
猿飛《さるとび》ミライ
木ノ葉隠れの里の中忍
夫婦
親子
猿飛紅《さるとびくれない》
木ノ葉一の幻術使い
師弟
師弟
恋人?
油女《あぶらめ》シノ
蟲《むし》使いで忍者学校《アカデミー》の教師
犬塚《いぬづか》キバ
忍犬《にんけん》使い
タマキ
空区《そらく》の猫バアの孫娘

この作品はフィクションです。
実在の人物・団体・事件などにはいっさい関係ありません。

プロローグ

その日、火《ひ》の国・木《こ》ノ葉《は》隠《がく》れの里では、五影《ごかげ》会談が行われようとしていた。

五大国それぞれにある忍《しのび》の里の代表——各里の影たちが集結するとあって、木ノ葉隠れの里内は、平素とは違い物々しい雰囲気に包まれていた。

里の入口、あうんの門では、出入りする者の確認や荷物の検査などがいつも以上に厳しく実施《じっし》され、街中《まちなか》では、警備の者たちが不審者《ふしんしゃ》はいないか、不審物はないかと常《つね》に目を光らせており、会談場所周辺に至っては、たとえそれが変化《へんげ》の術であろうとそうでなかろうと、ネズミ一匹、羽虫《はむし》一匹通さないという鉄壁の警戒網が張られていた。さらには子供たちの通う忍者学校《アカデミー》でさえも、この日ばかりは早めに授業を終えていた。

つまりは——

里中《さとじゅう》、超が付くほどの厳戒態勢。四方八方警戒だらけ、という状況であった。

里同士の諍《いさか》いがなくなった平和な世にあっても、いや、平和な世だからこそ、それを壊そうとする者たちへの警戒を怠《おこた》るわけにはいかない。

ましてや、忍界《にんかい》史上かつてないほどに友好的な関係を築《きず》いているといっても過言《かごん》ではない現五影たちの会談の場ともなればなおさらだ。

いつの時代、どんな国においても、平和を乱そうとする者は必ず現れるからだ。

ひとたび事が起これば国際問題——のみならず、木ノ葉隠れの里の威信《いしん》に関《かか》わる問題となってしまう。多くの他里の者たちが見ている前でなにか問題が起こってしまえば、たとえそれが他愛《たわい》もない子供のイタズラであったとしても、「子供がやったことなので……」では済《す》まなくなってしまう。

もちろん他里の者たちとて、本当に子供相手であったのならば、そのようなことでいちいち目くじらを立てたりはしないであろうが、世の中というものはそうもいかない。

木ノ葉隠れの里全体としては、会談を開催している立場として、他里への示しがつかなくなってしまうのだ。特に、里の象徴《しょうちょう》である歴代火影《ほかげ》の顔岩《かおいわ》に落書きなんぞをされた日には、大恥《おおはじ》もいいところだ。

もっとも、そのような大それたことをする者など、いるはずもないが。

いないと、いいが。

本当に……。

さて——

そんな、いつもとは違う警戒厳重な里の片隅《かたすみ》に、男がふたり。

里の多くの者たちに知られることなく、ひっそりと、ある秘密の計画を進めていた。

黒いマスクで口もとを覆《おお》い隠《かく》した男が、穏《おだ》やかな声で相方《あいかた》に問いかける。

「……で、お前もどうだ？」

問われたほうの男は、右脚《みぎあし》をギプスで覆って車イスに乗っていた。車イスの男は、まんざらでもないという顔をして、質問に答える。秘密の計画に、乗るつもりのようだ。

ふたりが進める極秘《ごくひ》計画、それは——

温泉旅行

ふたりで、かつてのなつかしいところなどを見て回りながら、のんびりと各地の温泉にでも浸《つ》かってこようじゃないかという、実に微笑《ほほえ》ましいものであった。

五影会談という大切な日に、平和な里内部で進められる極秘の計画——などと聞くと、なにやら平和を乱す側の連中が暗躍していそうな雰囲気になるが、そういう物騒なのは物語の中だけに限る。

マスクで口もとを覆い隠している男・はたけカカシはそう考える。

六代目火影として木ノ葉隠れの里を導《みちび》いてきたカカシも七代目火影・うずまきナルトにその任を引《ひ》き継《つ》いでおり、今ではすでに現役を退《しりぞ》いていた。

五影会談を開催し、他里の影たちと良好な関係を築いている今のナルトの前に、古株《ふるかぶ》があれこれとしゃしゃり出るのも考えものだ。

カカシは、火影の座を降りたことを機に、幼き頃よりの親友に、しばしの旅に出ることを提案していた。立派に成長し、里を支《ささ》えるようになったナルトあってこその旅だ。多忙をきわめた現役時代では到底《とうてい》無理な話である。

そんなカカシの提案に乗った車イスの男――カカシの永遠のライバルにして親友のマイト・ガイが、ここにきてふと思いついたようにある疑問を口にした。

「しかし、先代火影が勝手に里外をウロウロするわけにもいかないんじゃあないか?」

至極《しごく》当然の疑問である。

現役を退いたとはいえ、先代火影といえば里の要人だ。いざというときに、どこにいるのかわからないようでは困るのだ。

しかし、すでに話はナルトに通してある。

「そのことだが、ナルトから推薦《すいせん》された者がいる」

七代目火影・うずまきナルトが、ある人物を付き人として推薦してきたのだった。

カカシとガイ、そして推薦された付き人。
五影会談と時を同じくして、三人の極秘任務もとい温泉旅行がはじまろうとしていた。

第一章　聖地

湯

私こと猿飛《さるとび》ミライは、期待に胸をふくらませていた。

なぜなら、今回の任務はいつもとは違うものだったからだ。

ふだんは七代目の護衛をしている私だが、今回はなんと、先代火影《ほかげ》・はたけカカシさん（あとガイさん）の付き人をしながら他国に行くというのだ。

その任務内容は、火《ひ》の国と湯《ゆ》の国の国境沿《ぞ》いにある未開発地域を共同開発するための事前視察――それの護衛という、一見すると地味なものなのだが、今回のこの任務、なんとなんと、驚くべきことに、七代目が直々《じきじき》にこの私を推薦《すいせん》してくださったらしいのだ。

七代目火影といえば、第四次忍界《にんかい》大戦を終結に導《みちび》いた里の英雄。

そんな七代目からの推薦ともなると、これは尋常《じんじょう》ではないことだ。

護衛役を主《おも》な任務としているこの私を、わざわざ付き人として推薦したということは、それ相応の理由があるはず。つまりは、ただの付き人のわけがないということ。

忍《しのび》たる者、言葉の裏を読むもの。

おそらくこれは、Sランクを軽く超《こ》えるレベルの任務。ただの付き人を装《よそお》い周囲を欺《あざむ》きつつも、なにかあった際には己《おの》が命を懸《か》けて悪の魔の手から先代火影をお守りせよと、そういう難易度《なんい》の高い護衛任務なのだろう。私はそう解釈する。

　要するに七代目は、この難易度の高い任務をこなせるのは私だけ、この私にしか任《まか》せられないと、そうおっしゃっているのだ。これは期待をされている証《あかし》。

　護衛対象である六代目は、どことなくぼんやりとしているように見えて、先代火影という重要な立場にある御方《おかた》。おそらくきっと、あらゆる悪に狙《ねら》われているであろうことが予想される。たとえばテロリストとかテロリストとか、それからテロリストなんかからも、一年三百六十五日二十四時間命を狙われ続けていることだろう。

　しかし、そこでこの私。七代目が推薦してくださったこの私の出番だ。

　ふだんから七代目の護衛役を務《つと》め、まさに護衛の専門家と言っても過言《かごん》ではないこの私がいる限り、六代目（あとガイさん）には指一本触れさせやしません。むしろ指が来たら折ります。へし折ってやります。そのためにつらく苦しい修業をしてきたのだ。

「やっぱり、先代火影を卑劣《ひれつ》なテロリストどもから守ることができるのは、ミライ……。お前しかいないいってばよ」

　七代目も、そう言ってくださるに違いない。

　この任務、里の誰もが目を見張るほどの活躍をして、この私の実力を十二分に見せつけてやる所存。そして、見事七代目の期待に応《こた》えてみせる！

家を出る前に父の遺影に手を合わせ、気合い充分。

任務期間は二、三日。

なので数日後には、木ノ葉《こ　は》のみならず忍界全域に、たったひとりで先代火影（あとガイさん）を守り抜き、邪悪《じゃあく》なるテロリストどもをぶちのめしたこの私、猿飛ミライの偉業が語られることになるはずだ。

猿飛一族の誇《ほこ》りに懸けて、絶対に失敗できない任務が今、はじまる……！

――と、そんな、期待とやる気に満ち満ちていた私であったのだが……。


「カカシよ、風が気持ちいいなあ……」

「ああ。いい天気でよかったよホントに」

ガイさんの車イスを押しながら、六代目が空を見上げる。ふたりの穏《おだ》やかな表情や口調と同じく、穏やかでよく晴れた日であった。

私は、そんなふたりのやりとりを無言で眺めながらあとに続く。前を行くふたりが非常にゆったりとした足取りのため、必然的に私もゆったりとした足取りで歩《ほ》を進めていた。

遠くに山々を望み、あたりを田園に囲《かこ》まれたのどかな街道を行く。

見通しの良い道で、商人や旅人など一般の人もよく利用し、また木ノ葉隠《こ　は　がく》れの里にもほど近いため、比較的治安《ちあん》の良い街道である。

穏やかで、単調な景色が続いていた。

「おっ、鳥の声……」

「あー、あれはモズかな」

穏やかで、当《あ》たり障《さわ》りのない会話も続いていた。

「モズといえば、はやにえで有名だな」

「捕《と》らえた虫なんかを枝に突き刺すというあれね。そういえば昔、地面に四箇所《かしょ》ほど杭《くい》を打ちこんで、あえてその上で腕立《うでた》て伏《ふ》せをしていたろ?」

「ああ、なつかしいな。あれはいい修業になった……」

ガイさんが、しみじみと空を見上げる。

「地面から離れているからな。力尽《つ》きたら落ちる。落ちれば当然痛い。だからなんとしても落ちないようにがんばらねばならないというナイスな修業法だ!」

「それなんだけど、いつだったか、杭の上でふつうの腕立て伏せをしたあとに、今度は腕だけで逆立ちのまま腕立て伏せをしてみせると言いだしたことがあったろ?」

「そういえばそんなこともあったような……なかったような……。確か、いくらオレが杭を使った修業に誘っても、お前が木陰《こかげ》でのんきに本なんぞ読んでいるものだから、オレとしてもついむきになってな。『見てろよカカシ！』ってな」

「あのとき、手を滑《すべ》らせたお前がそのまま杭に腹を打ちつけて嘔吐《おうと》したろ？　杭の上で、身体《からだ》を『へ』の字にしながらぐったりとしているお前を見て、まるでモズのはやにえのようだと思ったのを今でもよく覚えているよ……」

六代目が、しみじみとした顔でモズの鳴き声に耳を澄ます。

「あれ以来、モズの声を聞くたびに、お前のぐったりとした姿を思い出すんだ……」

「ええいっ、そんなもの思い出すんじゃあない！　忘れろ！」

ガイさんが、少し顔を赤くしながらそう叫んだ。

木ノ葉隠れの里を出てから、ふたりはずっとこんな調子だ。

六代目とガイさんは、こうしてゆるやかな歩《あゆ》みであちこちと里周辺の名所などに寄り道をしながら、思い出話に興《きょう》じていた。

任務は二、三日の予定で、国外にも行かなくてはならないはずなのだが、こんなペースで大丈夫なのだろうか。不安な気持ちを抱《いだ》きながらも、黙って歩く。自分ひとりだけならば、いくらでも速く進むことはできるのだが、護衛の任務なのでそうもいかない。

はやる気持ちを抑《おさ》えるかのように、私は改めて背嚢《はいのう》を背負《せお》い直した。

ちなみに、これは私のような護衛役だけでなく、すべての忍に共通することなのだが、長距離を移動する際、忍は基本的に大きな荷物は背負うことになっている。なにかあった際に、とっさにクナイを構《かま》え手裏剣《しゆりけん》を投げ印《いん》を結ばねばならない忍にとって、自《みずか》らの手を荷物でふさぐことなどもってのほかだからだ。

無論、逆にあえて荷物を手に持つということもあるだろう。

忍ではなくただの旅人を装って突然襲いかかってくる刺客《しかく》などもいるかもしれない。すれ違う者の手が荷物でふさがっているからといって、忍者ではないなどという思いこみは禁物だ。相手の意表を突くこともまた、忍の基本だからだ。

もっとも、私たち三人は今、ただの旅人を装っているのだが……。

今回の任務は六代目曰《いわ》く極秘《ごくひ》任務のようで、ひと目で木ノ葉の忍だとバレるような格好《かっこう》では困るとのこと。極秘任務ゆえに少人数での行動、護衛も私ひとりと、そういうわけだ。なので私たち三人は、それぞれ旅人風の衣装に着替え、こうして見通しの良い一般街道なんぞをのんびりと歩いているわけなのだが……。しかし、それにしても……。

——遅い……。

私は静かにため息をついた。さすがに現役《げんえき》を引退した六代目や、車イスのガイさんに、若い頃と同じ速度で移動してくれとは言えないが、あまりにものんびりとしたふたりの歩みを見ていると、いい加減じれったい気分になってくる。これではただの散歩。老夫婦の散歩を眺めているかのようだ。

そんなことを考えていると、前方からまさに本物の老夫婦がやってきた。

ゆっくりとこちらに向かって歩いてくる。見るからに人の好《よ》さそうな夫婦だ。お揃《そろ》いの帽子に大きめの背嚢、手には杖《つえ》を持っている。しかし足腰はしっかりとしているようなので、あの杖はおそらく登山用のものだろう。

良い天気に恵まれたので、夫婦で山登りを、といったところだろうか。

しかし、見た目が老夫婦だからといって、決して油断《ゆだん》はできない。

手は杖でふさがっている。が、杖は武器にもなる。刃を仕込むこともできるのだ。

老夫婦の一挙手一投足を注視しながら、すれ違う。

すれ違う際に、老夫婦が軽く会釈《えしやく》をした。六代目もガイさんも、会釈を返す。

そうして、ゆっくりとお互いの距離が離れていく。しかし、私は背後への警戒をゆるめない。焼けつくような緊張感。冷たい汗が一筋《ひとすじ》、背中を伝い落ちていく。そのまま、老夫婦との距離はぐんぐんと開いていき、その後ろ姿が小さくなっていく。やがて、何事もなく老夫婦の姿は見えなくなった。

「えっと……どうしたの？　そんな怖《こわ》い顔して……」

六代目の不安げな声に、はっと我に返る。

どうやら、自然と表情が険《けわ》しくなっていたようだ。

私は、慌《あわ》ててその場を取《と》り繕《つくろ》う。しかし、さすがに「背後から豹変《ひょうへん》した老夫婦が襲いかかってくるかもしれないから」とは言えない。

「あっ、いや、えっとぉ、そ、そこの草むらからテロリストが飛び出してくるかもしれないなあとか思って警戒してみたり……。アハ、アハハハ……」

のどかな街道に、私の乾いた笑い声だけが静かに溶《と》けてゆく。

六代目とガイさんが、困惑《こんわく》した表情を浮かべた。ああ、変な空気になってしまった。

そもそも、私は父親ほど歳《とし》の離れたこのふたりと、なにを話したらいいのかまるでわからない。生まれつき父親がいないからなのか、それとも、皆もこんなものなのだろうか。

とにもかくにも、妙なことを口走ってしまった。途端に、顔が熱く火照《ほて》ってくる。

「草むらかあ……。うーん……それはないかな。ふつうに」

六代目が、にこりと目を細める。私は自分の耳が真《ま》っ赤《か》になっていくのを感じながら、消え入りそうな声で「ですよね……」と答えた。

結果的に、すれ違った老夫婦が突如《とつじょ》として刺客と化し牙《きば》を剝《む》いてくることもなく、そこら辺の草むらからテロリストなんぞが飛び出してくることもなく、変《か》わり映《ば》えのしない景色はどこまでも続き、ふたりの思い出話には花が咲き、護衛であるはずの私は手持ち無沙《ぶさ》汰《た》のままただ歩いていて、風はそよぎ鳥は歌いついでにガイさんも上機嫌《じょうきげん》に鼻唄《はなうた》なんかを歌い、何事もなく穏やかで単調な時間が過ぎていく。

どこもかしこも、平和だった。

べつに本当になにか事件でも起きればいいだなんて思ってはいない。だいたい、極秘任務をテロリストに知られて狙われている時点で終わっている。詰《つ》みというやつだ。それに護衛をするにしても、平和で、何事もなく終われることが一番いいのだ。そんなことはもちろんわかっている。わかってはいるのだが、ただ――

こういうとき、ふと思うことがある。

私はきっと、七代目のようにはなれない、と。

どんなにがんばっても、どれほど修業しても、私はきっと、七代目のように活躍することはできないのだろう。それは、幼い頃よりある確信に近い思いだ。

七代目をはじめ、私より上の世代の、今もなお伝説として語られているような華々《はなばな》しい功績の数々。そういうものは、私にはおそらく無縁なものとなるのだろう。

なにせ、時代が違う。

私の戦闘経験はといえば、武装した盗賊の類《たぐい》か、せいぜい忍者崩《くず》れというような連中相手ばかり。正直、相手にもならない。里を抜け、身につけた術を私利私欲のために悪用するような半端者《はんぱもの》に負けるはずもない。そんなやつらをいくら取り締《とし》まったところで、七代目の伝説的な偉業には到底《とうてい》及ばない。私の活躍など、すぐさま霞《かす》んでしまう。

だから、ときどき思うのだ。考えてしまうのだ。

平和なのはとてもいいことだ。けど、ずっと平和で、みんなが幸せで、悪いやつや困っている人が誰もいないような世界になったなら、そのとき忍者はどうなるのだろう。私のような人間は、そんな世界でなにをすればいいのだろう、と。

そもそも……。

——私はなんで、忍者になったのだろう……。

ただただのどかで平和な風景を眺めながら、そんなことを思う。

「どうして忍になったか。なんで今でも忍を続けているか……か。そうだなあ、かつての自分と同じように涙する子供がひとりでもいなくなればいいと、そう思ってはいるな」

ふいに、そんな台詞《せりふ》を思い出す。

以前、いとこである猿飛木ノ葉丸《こはまる》が言っていたものだ。

ともに三代目火影の孫であり、お互い七代目の身近で働いているということもあって、木ノ葉丸とはよく顔を合わせている。七代目直伝《じきでん》の技・螺旋丸《らせんがん》を自在に操《あやつ》り、凄腕《すごうで》の上忍《じょうにん》として里を支《ささ》えつつも、七代目のご子息《しそく》であるボルトくんのお目付《めつけ》役までこなしているというエリートで、私にとっては、歳の離れた兄のような存在だ。

そんな木ノ葉丸との他愛《たわい》のない会話の中で、なにげなくした質問。

確か、平和になった今の時代に、どうしてつらく苦しい修業をしてまで忍を続けるのかみたいなことを訊《き》いたような気がする。そのときはべつに深い意味などなく、会話の流れの中でただなんとなく、興味本位で訊いたものだ。うろ覚えだが、木ノ葉丸が新しい忍具《にんぐ》の研究開発に協力するかもしれないという話の中でのことだったかもしれない。

その忍具を使えば、難しい術を誰でも簡単に使うことができるようになるらしい。

私は、それだと苦労して修業する人がいなくなりますねなんて言っていた。細《こま》かくは覚えていないが、その流れで先の質問をしたのだろう。

ただ、照れくさそうに答えたあとの、木ノ葉丸の精悍《せいかん》な横顔が妙に印象に残っている。

若い頃の父は、もしかしたらこんな顔つきだったのではないかと、そう思ったからだ。

しかし今思うと、木ノ葉丸がそう答えたのも当然だ。

三代目——私の祖父と、そして父が亡《な》くなったとき、木ノ葉丸は、年齢的におそらくまだせいぜい下忍《げにん》。もしかしたら忍者学校《アカデミー》生だったのではないだろうか。近しい人の死を前にして、なにもできない自分、まだ子供である自分の無力さに涙を流していたからこその答えだったのだ。

では、私はどうなのか？

生まれたときから、父はいない。最初から、いない。それが当たり前だった。

なので私には、父親がいなくてさびしいという感情が、実はよくわからないのだ。

もちろん、さびしいかさびしくないかでいえば、さびしいに決まっている。

けど、最初から父親がいなかった私と、途中で父親を失った人とでは、おそらくさびしいという言葉の意味が変わってくるのではないかと、そう思うのだ。

思えば、幼い頃から私は、友達の家とくらべて自分がどうこうとかそういうことを、あまり意識したことがなかった。それはきっと、やさしく、時に厳《きび》しい母のおかげであり、私たち親子を支えてくれた里の多くの人たちのおかげなのだろう。

しかしそれゆえ、失っていない私では、木ノ葉丸と同じ答えにはならない。

木ノ葉丸は失った者で、私はそうではない。

ならば私はなんのために忍者になって、なんのために忍者を続けているのか。

父も母も忍者だったからか。三代目火影の孫だからか。それとも、由緒《ゆいしょ》ある忍の一族の出だからなのか。けっきょくは、これしかないと思っていただけなのでは。大きくなったら当然のごとく忍者になるものとして生きてきただけなのでは。それはつまるところ、流されるままにこの道を進んできただけということなのか……。

こうして護衛として六代目に付き従い、六代目のあとに続いて六代目の通った道をたどりながら六代目の歩みに合わせて黙々と歩いている今も、それとまるで同じではないのか。

そこには私の意志など、ないように思えた。


遅々《ちち》とした歩みでも前に進み続けてさえいれば、やがてはどこへなりともたどり着くものなのだなと、つくづくそんなことを思う。私たち三人は、宿場町《しゅくばまち》にたどり着いていた。

まだ幾分《いくぶん》か日は高いものの、今日はここで一泊していく予定らしい。

宿の確保をして、賑《にぎ》やかな大通りを行く。喧騒《けんそう》のなか、しばらくは無言で六代目のとなりを歩いていた私だったが、ついに、思いきってこんな質問をしてしまった。

「あの……このペースでほんとに大丈夫なんでしょうか……?」

視察なのだからいろいろと観光地を見て回るのは当然なのかもしれないが、それにしてもゆっくりとしたペースが気になっていた。この町もまだ火の国の領内なのだ。

しかし、六代目の飄々《ひょうひょう》とした態度は変わらない。

「ん？　ああ、だいじょーぶだいじょーぶ。ほらあれ」

と、六代目が町外《まちはず》れに見える山脈を指さした。

「あれ越えるともう湯の国だからね」

「そう……ですか。湯の国……」

そうつぶやいて、じっと山を見つめる。すでに国境間近まで来ていたということか。そして、明日《あした》の今頃にはその国境を越えて山の向こう側——湯の国にいるのだろうか。なにとはなしに、そんなことを考える。

すると——

「おーい、カカシィ、こっちに的当《まとあ》てがあるぞ。どうだ、ひとつ勝負しないか？」

先に行っていたガイさんの声が聞こえてきた。近くの店から顔を出し手を振っている。

「うーん……じゃあちょっとやってみようか」

「お、ノリがいいな！　若い頃とは大違いだな！」

「ま、オレもいい加減いい歳だからね。多少は丸くなるよ」

ハハハ、と軽く笑いながら的当て屋の暖簾《のれん》をくぐる六代目。私はそれを黙って見送る。

ふたりがずっとこんな調子だから、なにか任務という実感がわかない。本日何度目かのため息とともに、私は周囲を見まわした。

多くの人で賑わう宿場町だ。人通りも多い。しかし、若い男女が異様に多いような気がするのはなぜなのだろう。というより、私たち以外は、ほぼ若い男女しかいない。雰囲気から察するに、恋人同士なのだろうが、なぜこんなに……？

若い男女に混《ま》じって、キャッキャとはしゃぐ六代目とガイさん。

木製のクナイやゴムボールを投げながら、一喜一憂《いっきいちゆう》するいい歳した男ふたり。

ぶっちゃけ、ものすごく浮いている。そしてそれを陰《かげ》ながら見守る私はいったい……。

私たち三人は、周囲の人たちからどう思われているのだろう。なんの集《つど》いだと思われているのだろう。少なくとも、その中のひとりが先代火影であるとは誰も思うまいが、できることなら今すぐにでも任務を放棄《ほうき》して、この場から逃げ出したい衝動に駆られてきた。

「ぬう、また引き分けか……！」

すぐに、ガイさんが店から出てきた。続いて、ガイさんの車イスを押しながら六代目も出てくる。思っていたよりも早く出てきたふたりの姿に、私は目を丸くした。

「えっ？　あ、あの……的当ては……？」

「ん？　ああ、なんか全然当たらなくてね」

六代目が、笑顔で答えた。どうやらまったく景品が獲《と》れなかったらしい。つまりは、先代火影であるはずの人が、的当ての景品にすら命中させることができなかったとそういう……。私はあまりのことに気を失いそうになった。

「いや〜、あれが本物のクナイだったら当たるんだけどねえ」

「うむ、惜《お》しかったな。だが、お互いナイスファイトだった！」

笑顔がまぶしいふたりを前にして、私の顔はきっと真《ま》っ青《さお》になっているに違いない。

だって、先代火影ともあろう御方がミスるって……。いや、遊びにムキになってもしかたがないということなのだろうか。というか、どんだけむずいんだここの的当て。

「よーし、それじゃあカカシ、となりの店でもう一勝負といこうじゃあないか！」

「えーっと、ちょっと待ってね」

ガイさんの声に、財布《さいふ》を取り出し中身を確認し、そそくさとしまう六代目。もはや、先代火影というより、どこぞのお母さんにしか見えなくなってきた……。

——と、不意に、歓声《かんせい》が起こった。

何事かと思って視線をやると、先ほどの的当て屋から、若い女の子がキャーキャー騒ぐ声が聞こえてくる。どうやら、カップルが景品を見事獲得したらしい。

——先代火影よりうまいのかあの人たちは……。

大きな景品を抱《かか》えながら店から出てくるカップルに軽く戦慄《せんりつ》を覚えていると——

「おっと」

六代目が、急に近くを歩いていた男の腕を摑《つか》んだ。

「えっ!?」

驚いて、慌てて振り返ると、男の手に六代目の財布が握《にぎ》られていた。スリだった。

「いるんだよねえ……。こういう観光地には」

雑踏《ざっとう》のなか、静かにため息をつく六代目。逃げようともがくスリの腕を、がっちりと摑んで放さない。そして、何事もなかったかのように冷静な声で私に指示を出した。

「悪いけど、警備の人を呼んできてくれるかな」

「は、はいっ」

うわずった声で返事をする。迂闊《うかつ》であった。護衛であるにもかかわらず、ふたりのゆるい雰囲気にあてられて、すっかり気が抜けてしまっていた。まさかスリに狙われるなんて。

しかし、さすがは六代目。やはり先代火影の名はダテではないという……。

次の瞬間、ぽーんと、六代目の財布が宙を舞っていた。

「あ……」

六代目が間《ま》の抜けた声をあげた。腕を摑まれていたスリが、ニヤリとほくそ笑《え》む。と同時に、人混《ひとご》みから飛び出してきたべつの男が、投げられた財布を受け取って勢いよく走り去っていく。スリはふたり組だったのだ。

「いかん！　ミライ、追うんだ！」

ガイさんが叫ぶのと同時に、私は走りだしていた。

器用に人と人との間をすり抜けて逃げていく男の背を追いかけていく。多くの観光客で賑わう大通りのうえ、地の利は向こうにある。一度見失ったらおしまいだ。

──しかたがない……！

走りながら、私は素早《すばや》く印を結んだ。追いつかれないように何度も後ろを確認していた男の動きが、ピタリと止まった。

「う、うわっ、なんだこれ!?」

男が、悲鳴をあげた。男の足下《あしもと》から、突如として樹木が生《は》えてきたからだ。そのまま、樹木はゆっくりと男の身体に絡《から》みついていき、男は瞬《また》く間に拘束《こうそく》された。

魔幻《まげん》・樹縛殺《じゅばくさつ》。

木ノ葉に古くから伝わる幻術のひとつで、絡みつく樹木の幻《まぼろし》を見せ、相手を捕縛《ほばく》する技だ。幻術に耐性《たいせい》のない者ならば、もはや指ひとつとして動かせないことだろう。

もともとは木ノ葉隠れの里の創設者であり、木遁《もくとん》忍術の使い手であった初代火影・千手《せんじゅ》柱間《ハシラマ》の時代に考案された術だ。さながら木遁忍術を操っているかのように相手に思いこませるためといった用途《ようと》で使われたのがはじまりのようだ。

つまりは、敵にこの幻を見せることによって、今戦っているのはあの千手柱間なのではないか、もしかしたら、敵の部隊に千手柱間がいるのではないかと思わせ畏怖《いふ》させるために使われていたのだ。唯一無二《ゆいいつむに》の木遁忍術の使い手として、忍界全域に広く名の知られていた初代火影──その威光《いこう》があったからこそ生まれた幻術なのだ。

──まあ、この話の大部分が母さんからの聞きかじりなのだが……。

私は、ゆったりとした足取りで男に近づいていく。手を伸ばすと、男が顔を引きつらせ「ヒィ」とうめいた。冷や汗を流しながら、顔面蒼白《そうはく》になっている。おそらく、自分が幻術にかかっているということにすら気づけていないのだろう。

身動きひとつ取れなくなった男の手から、六代目の財布を取り戻す。

ようやく、護衛らしい仕事ができた。

スリを町の治安維持《いじ》部隊に引き渡し、六代目とガイさんのもとに戻ってくると、財布をスられたというのに、なぜかふたりはほのぼのとしていた。

「いやあ、驚くよね。ふたり組とはね」

「まったくだ。あれは気づかなかった。プロというやつだな！」

だーっはっはと、ガイさんが笑う。ハハハと、六代目も笑う。

私がいない間に、捕《つか》まえていたほうのスリを治安維持部隊に引き渡していたとはいえ、まったりとするのが早すぎるような気がする。

ガイさんが、大袈裟《おおげさ》に拳《こぶし》を握りしめた。

「くぅ〜、しっかしオレも歳を取ったもんだ。若い頃のオレならば、ふたりと言わず、スリの百人や二百人くらい目じゃなかったんだがなあ。それどころか、財布をスられる前にこの拳を叩《たた》きこんでいたところだ！」

「いや、まだなにもしていない人に拳を叩きこんじゃまずいでしょーよ」

「おおっ、それもそうだな！」

能天気《のうてんき》な会話を繰《く》り広《ひろ》げ再《ふたた》び笑いだすふたり。なんだか、だんだんと腹が立ってきた。

「おっ、帰ったか」

私に気づいたガイさんが声をあげる。振り返った六代目に、私は声を荒《あら》らげていた。

「いい加減にしてください！　なにをへらへら笑っているんですか⁉」

六代目とガイさんがぽかんとする。が、止められない。

「ひとつ間違えれば危ないところだったんですよ⁉　そりゃあ確かに、スリを近づけさせてしまったのは私のミスですよ？　でも、自分のミスを棚に上げるわけじゃありませんが、おふたりとももっと危機感を持ってください！」

大声で一気にまくしたてたところでまわりの人の視線に気がついて、声を落とす。

「そもそも、腕を摑むだけだなんて生易《なまやさ》しい対応をするから、つけこまれたんです。財布を仲間にパスされてしまったんですよ。腕の骨を粉砕《ふんさい》していればよかったんです」

「いきなりそんなことしないよ。ガイじゃあるまいし」

「おいおい、オレだっていきなり腕を粉砕したりはしないぞ」

「じゃあ雷遁《らいとん》を！　雷遁を使うんです！　気絶させてやればよかったんですよ！」

「んー、それだと目立ちまくりだからさ。ほら、一応これ極秘任務だし」

「うう……」

確かにそのとおりだった。六代目の言うとおりだ。拘束をしたのにさらに腕をへし折るのはやりすぎだし、わざわざ多くの観光客がいる前で雷遁を使うわけにはいかない。そんなこと、わかっている。でも、なんだろうこのもやもやは。

「それにね――」

にこやかな表情で、六代目が私の手を指さす。正確には、私の手にある六代目の財布をだ。返そうと思って持ったままだったものだ。

「ちょっとそれ、開けてみてくれる？」

言われて、訝《いぶか》しく思いながら財布の中身を確認する。すると中には、札《さつ》や小銭はまったく入っておらず、なぜか一枚の紙切れだけが入っていた。

なんだろうと思って開いて見てみると……。

はずれ　悪いことはやめましょう

そこには、そんなメッセージと六代目の顔をデフォルメしたようなイラストが。

「その財布、実はニセモノなんだよねえ」

「なんだそうだったのか。さすがだなカカシ」

六代目とガイさんが、また笑いだした。

しかし私としては、当然笑い事ではない。なんというか、ふつうに苛立《いらだ》つ。

「さて、予備の財布も返ってきたことだし、他のところも見て回ろうか」

『予備の財布』という、あまり聞《き》き慣《な》れない言葉が心を抉《えぐ》る。

取り戻した財布も、けっきょく無意味。あってもなくてもいいようなもので、要するに
私は、護衛として未《いま》だなんの役にも立てていない。苛立ちが募《つの》る。なににそんなに苛立つ
のかといえば、なにもできていない自分自身にだ。

「よーし、次はあっちだー！」

べつの店を指さすガイさんと、その車イスを押していく六代目。ふたりは的当て屋の時と同じように、再びキャッキャと子供のようにはしゃぎながら駆けていく。そんなふたりの後ろ姿を、私は冷《さ》めきった目で見つめていた。

――この人、本当に火影だったのだろうか……。

思わず、そんな疑念がわいてくる。

のほほんとしていて、歩みも遅く、なにも考えていなさそうで、的当ても外《はず》し、おまけにニセモノとはいえ財布もスられ、それなのに終始へらへらしていて、まったく頼りにならなそうなこの人に、果たして本当に火影という大役が務まるものなのだろうか。

火影といえば里の頂点、伝説の忍。こんな、浮かれ気分で若者の集団に混じりいっしょに記念撮影をするような人に務まるものとは到底――そんな馬鹿な！

「なにしてるんですか⁉」

慌てて、六代目とガイさんを若者の集団から引《ひ》き剝《は》がす。心臓が早鐘《はやがね》と化している。危ないところだった。少し距離が離れたまさにその瞬間、見知らぬ多くの人たちに囲まれてしまっているなんて、護衛としてあるまじき失態だ。これでもしもあの若者たちが爆発でもしていたらと思うとぞっとする。今頃、六代目とガイさんの命はなかったことだろう。

「か、勝手にうろうろ、しないで、ください……」

ハアハアと息を切らしながらうなだれる。顔を上げると、目の前に白い歯を見せて微笑むガイさんがいた。むしろガイさんしかいなかった。

「うわあああ、六代目は⁉」

ひさびさに腹の底から妙な声が出た。それよりも『六代目』とか叫んでしまった。人前では、警備上『カカシさん』と呼ぶべきだというのに。

一日に何度も、護衛としての誇りにここまで傷が付くとは思ってもみなかった。私は必死になってあたりを見まわした。すると、少し離れた路地に六代目の姿が。

路地に佇《たたず》んでいた六代目はといえば、なぜか近くの街路樹に手を当てて目を潤《うる》ませていた。

そしてしきりに「これはもしや『例のあの木』か……？」などとつぶやいていた。

「な、なんなんですかあれ……」

あまりにも意味不明で異様な光景に、若干《じやっかん》引き気味になる私。すると、車イスを動かして私のとなりに並んだガイさんが、静かに微笑んだ。

「あいつはずっとここに来たいと言っていたからな。今まで忙しくて叶《かな》わなかったんだ」

「えっ、ここに……ですか？」

確かに、私が物心ついたときにはすでに火影として山のような書類仕事に忙殺《ぼうさつ》されていた六代目である。遠出ができるような休みらしい休みなどなかったのかもしれない。

しかし、どう見てもふつうの路地にしか見えないこの場所がなんだというのだろう。

「おおっ、あれはまさか『例の店』！　ということは、今まさにオレが立っているこの場所こそが『例のあの通り』か……！」

きょろきょろと、目を輝かせながら歓声をあげる六代目。まるでおもちゃ屋さんにいる子供のようだ。常《つね》に飄々としている印象のあの六代目が、ここまで喜びを露《あら》わにするのは珍しいのではないだろうか。

それほどまでに六代目を惹《ひ》きつけるこの場所はいったい……。

「やっとだ……。やっと、長年の夢が叶った……。オレは今『イチャイチャパラダイス』の聖地に、『例のあの場所』に立っているんだ！」

両手を天に掲《かか》げ、喜びの声をあげる六代目。

「イチャイチャ……えっ、なんです？」

思わず、ガイさんに訊《たず》ねる。

「『イチャイチャパラダイス』……若い頃からのカカシの愛読書だ」

つぶやくガイさんの頬《ほお》には、なぜか一筋の涙が。

「夢を……ついに夢を叶えたなカカシィ……！」

むせび泣くガイさんと、まるで勝利の雄叫《おたけ》びをあげるかのごとく拳を掲げる六代目。

なんだろう。まったくノリについていけない。そしてなんだろう。そのろくでもないタイトルの本は。きっと、書いたやつもろくでもない人間に違いない。

どんな本なんだろうか……。周囲に若い男女が多いように感じるのは、そのイチャイチャなんちゃらのせいなのだろうか……。

すると六代目が、喜びを噛《か》みしめるようにつぶやいた。

「ここは、映画のときのロケ地なんだ……」

映画化までされていた。

もしかして、妙なのはタイトルだけで、本当はとてつもなく為《ため》になる内容の本なのではないだろうか。これは、タイトルだけで判断するのは早計か。なにせ六代目が、若かりし頃より愛読していたというほどの本だ。なにかよほどの秘密があるに違いない。

「それって、やっぱり私も読んだほうがいいのでしょうか?」

「へ?」

素《す》っ頓狂《とんきょう》な声を発して、ガイさんが私を見上げた。あまりにもまじまじと私の顔を見つめてくるので、なんだか気まずくなってきた。

「な、なんですか……」

「お前には、まだ早い……!」

ガイさんが、ぴしゃりと言い放つ。

その姿は、さながらなんらかの師匠《ししょう》。弟子《でし》に直接指導はせず、見て盗めという精神を地で行くなんらかの師匠のようだった。

しかし、私は諦《あきら》めない。

「じゃ、じゃあ、せめて内容だけでも……」

真剣な眼差《まなざ》しでそう食い下がると、ガイさんが眉間《みけん》にシワを寄せて難しい顔になった。

「内容……内容かぁ……」

と思ったら、突如ガイさんが両手で自分の顔を覆ってしまった。

「ああっ、言えん！　オレにはとても言えん！」

顔を耳まで真っ赤にしながら、いやいやと、うら若き乙女《おとめ》のように首を振るガイさん。

なんだこの人……。

ガイさんの予想外の反応に、すっかり拍子抜《ひょうしぬ》けしてしまった。どちらにせよ、今は任務中だ。本のことは里に帰ってからでいいだろう。

そう自分を納得《なっとく》させていると、ガイさんが一冊の本を差し出してきた。

「これは……!?」

「読書なら、この本を読むといい。オレが監修《かんしゅう》した『飛び出せ青春！　熱血エクササイズ二十四時』だ！　オレといっしょにエクササイズができるビデオも付いているぞ！」

そう言って、聞いたことすらない本を手渡される。というか、半《なか》ば押しつけられる。本の表紙には、イイ笑顔で力強く親指を立てるガイさんの姿が。そして本の表紙に載《の》っているのとまるで同じ表情、同じポーズでもって、ガイさんが続けた。

「この本にはな、オレが考案した座ったまま行うエクササイズの方法が記《しる》されている。足腰の弱ったご老人でも手軽に運動ができるようにとの想《おも》いを込めてつくったものだ。この本を読み、付属のトレーニングビデオでオレといっしょに二十四時間エクササイズをすることによって、誰もがみるみるうちに健康になっていくこと間違いなしだ！」

なんてことだ……。今すぐにでもこの本を回収しないと、ご老人が死んでしまう。本を持ったまま私が唖然《あぜん》としていると、聖地を堪能《たんのう》したのか六代目が戻ってきた。

「ああ、この本。ていうか、持ってきてたのね……」

表紙の時点ですでに暑苦しい本を見て、げんなりとした表情を浮かべる六代目。

「二十四時間って、ふつう無理でしょ……」

「そんなことはない！　リーなんかこの本にえらく感動してな『ボクはこれから毎日このトレーニングを続けます！』とまで言ってくれているんだぞ！」

なんてことだ……。なおさら急ぎこの危険きわまりない本の回収をしなければならない。

このままではリーさんの今後の人生すべてがエクササイズ一色になってしまう。

「いや、ほら、あの子は特殊な訓練を受けた子だから……」

「お前はオレの弟子をいったいなんだと思ってるんだ!?」

和気藹々《わきあいあい》とした、ふたりの賑やかなやりとりを眺める。本当に心が通じ合っていて、長年の付き合いがあるからこそ可能となる歯に衣《きぬ》着せぬ物言いが、傍目《はため》にも心地いい。ガイさんを軽くあしらう六代目の姿に、思わず私の頬もゆるんでくる。

――なんというか、ずっとこんな調子なんだろうな。このふたりは。

そして、そんなふたりの姿を眺めているうちに、気づけば亡き父のことを考えていた。

六代目もガイさんも、父と同じくらいの歳のはず。

もしも父さんが生きていたのなら、いったいどんな感じだったのだろう、と。

ガイさんのように熱く力強い男だったのだろうか。

それとも、六代目のようにやさしくのんびりとした人だったのだろうか。

毎朝手を合わせてはいても、遺影《いえい》だけでは声や性格はわからない。

父を知る人が見れば、その遺影は大切な思い出になるのだろうが、私には父との思い出がない。父がどんな声で、どんなしゃべり方をしていたのか、私が身をもってそれを知ることは決してないのだ。

「よし、それなら旅館に帰ってオレの自慢のエクササイズを実践《じっせん》だあああ！」

「んー、いや、それはいいかな」

「くそう、ここはノリで返事しないのか！　さすがは我《わ》がライバル……」

六代目とガイさんの騒がしいやりとりは、まだ続いていた。

「せっかくの温泉地で熱血エクササイズ二十四時はちょっとね」

そう言いながら、ガイさんの車イスを押していく六代目。どうやら宿に向かうらしい。

すでに日は沈みかけており、西の空にわずかに残る朱色が、夜の黒と混ざりはじめていた。

私は黙ってふたりのあとについていく。今日一日バタバタしてしまったが、私はふたりの護衛なのだから。七代目から直々に護衛を任されたのだから。

「確かにな……。せっかくの温泉、せっかくの休暇だものな」

徐々《じょじょ》にあたりが暗くなっていく。建ち並ぶ店の軒先《のきさき》に、提灯《ちょうちん》の明かりが灯《とも》っていく。

「……えっ」

思わず、声が漏《も》れた。しかしそんな私の声は、すぐに町の喧騒にかき消されてしまう。

「まったく、お前もたいへんだな。なにせ、名目上は任務ということにしておかないと、こうして里の外にも出られんのだからな」

ガイさんがなにとはなしに口にした言葉に、私の足が止まる。

休暇。名目上。確かにそう言った。

つまりは、これはただの観光。そしてここは、視察と言いつつも、ただ来たかっただけの場所。私は本当にただの付き人で、護衛で手柄《てがら》を立てるだとかそんなことはありえなくて、せいぜい先代火影の外出に書類上必要だったから連れてこられただけ……。

あらゆることが脳内を駆《か》け巡《めぐ》るも、真っ先に思うことは、ただひとつだった。

――七代目は、なぜ私を……？

大切な五影《ごかげ》会談の日に、あえて私を護衛から外した意味は。

七代目の護衛もせずに、なんで私はこんなところに立っているのか。

私が未熟だから、外された……？

六代目とガイさんが行ってしまう。私はその後ろ姿を呆然《ぼうぜん》と見つめていた。

夜。

温泉宿の一室で、六代目とガイさんは夕食を摂《と》っていた。ふたりとも浴衣《ゆかた》姿で、すっかりくつろいでいる様子《ようす》である。むしろ、くつろいでいるどころか、六代目に関してはどことなくぼんやりとしているようにすら見えた。相変《あいか》わらず、先代火影であったことが疑わしくなるほどに頼りない印象を受ける人だ。

ガイさんはガイさんで、非常に食欲旺盛《おうせい》で、見た目の印象どおりの人だ。

私は、そんなふたりの様子を双眼鏡越しに見ていた。

今私がいるのは、旅館の外――庭にある木の上である。夕食を断《ことわ》り、ここから部屋にいるふたりを護衛しようと心に決めていた。

たとえただの休暇だったとしても、任務にかこつけた観光だったとしても、それならば私は私で勝手に最後までこの任務を全《まっと》うする。

観光旅行の付き人――要は、ふたりが楽しく観光を終えて無事に木ノ葉に帰ることさえできればそれでいいのだ。ならばふたりといっしょに食事など摂る必要もなく、となりの部屋に泊まる必要もない。私がやるべきことといえば、せいぜい食事の手配や宿の確保くらいなもので、あとはこうして遠目から眺めているだけで充分ではないか。

どうせ明日《あす》、明後日《あさって》には終わる仕事。つまらなかろうがそれまで我慢すればいいだけの話。それですべて完了。このむなしい任務もそれまでだ。

木の幹《みき》にもたれかかり、ため息をつく。町のあちらこちらから立ちのぼる湯煙が、家々から漏れる明かりに照らされながら夜の空に吸いこまれていく。なんとなく温泉のことを考えた私は、ぶるりと身を震わせた。夜になって、少し冷えてきたようだ。

――本当に、なんで私がこんなことをしているのだろう……。

双眼鏡の中では、ガイさんがうまそうに天ぷらを頬張《ほおば》っていた。

――なんだろうか。この無意味な光景と時間は……。

ぐう、と腹が鳴った。

兵糧丸《ひょうろうがん》を取り出して、もそもそと食べる。いつもの味だ。馴染《なじ》みのあるというよりも、いい加減飽き飽きしている味だ。だが、非常時に慣れ親しんだ味を食べることができるのはありがたいことなのだ。過酷《かこく》な任務のなか、あるいは不慣れな土地のなか、知っている味を舌に与えてやることで精神を安定させることができるからだ。

ある意味、今も過酷で不慣れな状況ではあるのだが、どうせならもっとちゃんとした任務らしい任務で食べたいものだ。

そのまま双眼鏡を覗《のぞ》いていると、自分の皿にある天ぷらをすべて食べ尽くしたガイさんが、六代目の皿に箸《はし》を伸ばしていた。そしてそのまま、六代目から天ぷらを強奪《ごうだつ》する。

「信じられない……」

いい歳してなんなんだろうあの人は。子供じゃあるまいし。しかし驚いたのはそれだけではない。六代目だ。六代目がまるで反応しなかったのだ。食事中だというのに、なぜか虚空《こくう》を見つめたままぼんやりとしていて、自分の皿から天ぷらが消えたことにすら気づいていないようなのだ。あれでは、ただただ箸と椀《わん》を持っているだけの置物ではないか。

「なんて鈍《にぶ》い……」

思わず、そうつぶやいた。

今日一日身近にいて、六代目にはがっかりさせられっぱなしだった。

なにせ、想像していたのと全然違う。七代目ともずいぶん違う。もっと立派で、すごい人なのかと思っていた。

でも、現実なんてこんなものなのだろうか。

こんなことで失望したくなかった。本当に残念だ。

改めて、ぼけーっとしている六代目の様子を確認する。そもそも、あの人は口もとをマスクで覆ったまま、どうやって食事をするつもりなのだろうか。そういえば、道中でもマスクを外したところを一度も見ていない。いったいどんな顔なのだろう……。

「風邪《かぜ》ひくよ?」

ごくりと固唾《かたず》を呑《の》んで、見守る。すると、六代目と目が合った。

「放っておいてください。私は勝手に護衛してますから」

六代目にそう言われる。

仏頂面《ぶっちょうづら》のまま、私も言い返す。いや、待て。今、なんで声が……。

「はっ!?」

慌てて振り返る。双眼鏡の中に、すでに六代目の姿はなかった。

「でも、そうしていられると気になって食事ができないんだよね……」

背後の木の上に、穏やかな口調で語る六代目の姿があった。

「う、嘘《うそ》……速っ……！」

そのまま、私はまるで酸欠《さんけつ》にでもなってしまったかのように、口をパクパクさせた。あまりの衝撃《しょうげき》に、うまく言葉が出てこなくなってしまう。そして一拍《いっぱく》おいて、全身からどっと汗が噴《ふ》き出《だ》してきた。夜気《やき》にあてられ冷えた身体であるにもかかわらず、だ。

まったく気づかないうちに背後に回られるなんて、ふつうじゃない。ありえないことと言ってもいい。それなのに、六代目はすでに先ほどまでと同じように、のんびりとした雰囲気でそこにいるのだ。

「て、天ぷらを取られても反応しなかったのに、なんで今だけそんな速いんですか!?」

「天ぷら？」

少し落ち着きを取り戻した私がようやく口にした言葉に、六代目が首を傾《かし》げた。

そして――

「ああ、オレ昔から天ぷら苦手《にがて》なんだよね。で、これも昔からなんだけど、いつもガイが代わりに食べてくれんのよ。最近では歳のせいか胃もたれが酷《ひど》いとか言いながらも食べてくれるんだよねあいつは」

旅館の窓――部屋にいるガイさんを見つめながら、そう答える。

「そう……だったんですか」

天ぷらがなくなったのに気づいていなかったのではなく、ふたりにとってそれが当たり前だっただけ。つまりは私の思い違いだったのだ。

「それより、お腹減《なか》ったでしょ？　とりあえずいっしょに夕飯食べようか」

六代目からにこやかな声でそう言われるも、思わず反発してしまう。

「……いいです。どうせ私は、ただの付き人なんですから！」

ただの、という部分に力を込めてそんなことを。わざわざそんなことを。自分でもどうしようもなく子供じみているなとわかって嫌《いや》になってきた。けれども、まともに護衛はできないわ、けっきょく役に立てないわ、かと思えばいつの間《ま》にか背後を取られているわでさんざんな一日だった私の本心でもあるわけで……。

すると六代目が、浴衣の上に着ていた羽織《はおり》をしっかりと着直して、空を見上げた。

そうして、ぽつりとひと言。

「火影の息子《むすこ》って、どんな気分なんだろうね……」

脈絡《みゃくらく》もなく、そんなことを。

「なんですかいきなり。ボルトくんの話ですか?」

急に話を逸《そ》らされたと思った私は、ふくれっ面《つら》のままそう答える。

「いや、君のお父さんの話だよ」

「……えっ?」

夜風に木々がざわついた。

「君を見ていると、若い頃のアスマを思い出すよ。不器用なところとかそっくりでね」

父とそっくり……。不器用と言われたことよりも、そのことが妙に嬉《うれ》しくて、私は六代目を食い入るように見つめた。

「アスマはね……」

静かに、六代目が語りだす。

「背が高かったんだ。それから声変わりしてからは、ずいぶんと渋《しぶ》いイイ声になってね。女の子にかなりモテたんだよね。ま! 本人はあまり気づいていなかったようだけど」

「……火影の息子って話は!?」

深刻な話になるものと思って聞いていた私は、思わず声をあげていた。

「ああ、そうだったそうだった。んー、まあねぇ……いろいろあったみたいよ。父親との確執《かくしつ》ってやつとかかな。あとまわりからの期待と重圧だったりね」

思っていたよりも、ざっくりとした話だった。

「父親への反発からか、一時は里を飛び出したこともあったんだよね。でも、戻ってきたときには一皮むけたっていうのかな。以前よりもなんだか自然体でね。それ以来、親子の関係も肩肘《かたひじ》張らないで済むようになったんじゃないかなって」

六代目が、私を見つめて微笑んだ。

「で、どうしてオレが今こんな話をしているのかっていうと、君が若い頃のアスマと同じように肩肘張りすぎているからなんだよね。もっと自然体でいいと思うよ」

「自然体……」

「そう。真面目《まじめ》なのはいいことだけど、ちょっと気を張りすぎかな。ナルトのやつもそれを心配していてね。せっかく実力があるのにもったいないってね。変に肩に力が入っちゃうと、うまくいくものもいかなくなっちゃうでしょ」

「七代目が、そんなことを……」

ずっと気になっていたことだった。なぜ五影会談の日に、わざわざ私を護衛から外したのか。それは、私のことを考えていてくださったからこそだったのだ。

「そっかぁ……そうだったんだ……」

幹にもたれかかったまま、私は膝《ひざ》を抱えた。ただの護衛役のことなんて、意識していないだろうと思っていた。でも違った。七代目は、ちゃんと私を見ていてくださったのだ。

「それにね、休暇がてらなんて言いつつも、視察任務もれっきとした任務だからね。木ノ葉の忍ではなく旅行者としてやっていかなくちゃならない。護衛として常に気を張って眼光鋭くあたりを見まわしていたんじゃ、バレバレだよね」

「そ、そんなに私の目つき鋭かったですか?」

「うん。ぶっちゃけ獲物《えもの》を狙う肉食獣の目だったよね」

忍ですらなかった。

自分ではけっこう抑えていたつもりだったのだが、そんなにバレバレだったとは。

六代目やガイさんが、必要以上にはしゃいでいたのも、ただの旅行者を装うためのものだったというのに、私はそれに気づきもしなかったのだ。だとすると——

と、ここで私はあることを思い出した。

「それじゃあ、的当て屋でふたりとも景品が獲れなかったのは、もしかしてただの旅行者を装うためにわざと……?」

そう訊ねた瞬間、六代目の顔が暗くなる。

「いや……あれはフツーに……」

「ホントに当たらなかったんですか!?」

「いやね、君とうまく打ち解《うと》けられなかったからさ、ガイと相談してここで一番大きな景品獲ってそれをサプライズでプレゼントしようだなんて言っていたら、思った以上に難しくて全然うまくいかなくてね。ダメだよねぇ。おじさんふたりが考えることなんてさ」

軽く笑い、六代目が続けた。

「でもね、これだけは言える。今日一日、オレとガイが安心して楽しく笑っていられたのは、ミライ——護衛の専門家である君がいてくれたからなんだよ」

今までと同じように、笑顔でそう言われる。六代目にとっては、きっとこれはなにげない言葉にすぎなかったのだろう。おそらく六代目は、誰に対してもこうなのだ。

しかし、私にとっては違う。

このなにげない言葉だけで、今日一日のすべてが一瞬にして報《むく》われたのだ。

まるで、温泉のように温かい言葉だった。

「明日は、もう少し肩の力を抜いて、それでいて全力で護衛をしてみせます……！」

はにかみながら、そう答える。

ただの付き人を装いつつ、六代目やガイさんのように自然体でいよう。しかしそう考えると、少しもったいないような気がしてきた。

「でも、残念です」

任務は、二、三日の予定。六代目やガイさんの肩肘張らない自然な立ち居振る舞いからは、きっともっともっと多くのことが学べるはずだというのに、この任務はすぐに終わってしまう。少し前まではすぐに終わるから我慢していようなどと思っていたというのに、今になってこんなにも名残惜《なごりお》しく感じるなんて……。

私は、素直《すなお》に思っていることを口にした。

「あと一日、二日でもう終わりなんですよね。この任務は……」

「え!?」

声をあげ、訝しげな表情になる六代目。なんだろうか。

「えっと……任務は『二十日』って伝えてあったと思うんだけど……」

その言葉に、頭の中が真っ白になる。

「あー、もしかして、『二十日《はつか》』と『二日《ふつか》』を聞き間違えたり……とか……?」

六代目にそう言われて、冷静になってよくよく考えてみると、心当たりがありすぎる。

「あああっ、間違えたっ!?」

叫んで、思わず頭を抱えてしまう。

確かに書類には『二十日』と書いてあった。

ただ、なんとなく『二』という数字の印象が強くて、そのあと荷物の整理なり、父の遺影に手を合わせていたりでバタバタしているときに、母に『二、三日帰れないから』なんてとっさに言ってしまって以降、自分でもすっかり『二日』だと勘違《かんちが》いしてしまっていたのだ。おかげで、持ってくる背嚢も間違えた。せいぜい四、五日分程度の荷物しか持ってきていないのだ。

「んー、君はあれかな。真面目に見えて意外と天然というタイプの子なのかな」

ハハハと、六代目がやさしく微笑んだ。

あまりの恥ずかしさに、一瞬にして顔が真っ赤になる。

「ち、違いますっ！　たまたまですっ！　本当にたまたまなんですっ！」

必死に否定する私の声が、ゆらめく湯煙とともに、夜空へと吸いこまれていった。

とにもかくにも、望みどおり（？）もうしばらくこの旅は続くようだ……。

第二章

奇祭

地図が好きだ。

特に、地図に描《えが》かれた地形と、実際の景色がぴたりと一致する瞬間がたまらない。

かつて、この地図をつくった人もまた、今の自分と同じ景色を見ていたのだと思うと、わくわくしてくるからだ。

この日も、私は地図を広げて周囲の様子《ようす》を確認していた。

遠くの山々の形と、流れる小川の位置とを地図に照らし合わせてみる。

目の前に広がるすべての光景が、手にした地図と寸分違《すんぶんたが》わずぴたりと一致する。ずいぶんと正確な地図だ。きっと、腕のいい人がつくったのだろう。

こうして地図と向き合っていると、顔も名前も知らない誰か——この地図をつくった人が、まるで時を越えて道案内してくれているかのように思えて、感慨深《かんがいぶか》い気持ちになる。

私が手にしているこの一枚の地図は、かつて地図無き道を進んだ者の足跡《そくせき》であり、次に続く者のために残した、苦労の結晶なのだ。

そんな地図に、私もまた新《あら》たな書きこみを加《くわ》えていく。

地図に載《の》っていなかった源泉の場所や、土砂崩《どしゃくず》れなどで塞《ふさ》がれてしまった道の情報だ。次に続く者のために、地図を更新《こうしん》しているのだ。私が記《しる》した新たな情報は、別の誰かの手によってさらに更新され、活《い》かされ続けていくことだろう。

ほんの少しではあるものの、自分の生きた証《あかし》を残せたような気がする。

この私の書きこみが、いつか、誰かの役に立つかもしれない。

たった一枚の地図ではあるが、そう思うと、なんだか嬉《うれ》しくなってくる。

国境付近の詳細《しょうさい》な地図は貴重なものだ。

いくら平和な時代といえども、忍《しのび》が国境周辺を勝手にウロウロするわけにもいかず、必然的に地図の情報も古いものとなっていることが多いのだ。

今回の任務は、国境付近の未開発地域の視察。

当然、周辺の地図を最新のものにする必要がある。火《ひ》の国と湯《ゆ》の国、両国で調査結果を報告し合い、地図を共有しようというわけだ。

もちろん、国境付近の詳細な地理情報など、よからぬことを企《たくら》んでいる者からすれば、喉《のど》から手が出るほどに欲しい代物《しろもの》だろう。私の更新した情報が、誰かを傷つけることに使われてしまうかもしれないのだ。それだけは、絶対にあってはならない。悪人の役に立ってしまうことだけはごめんだ。

しかし、そうならないように、この任務には先代火影《ほかげ》が同行している。

もっとも、湯の国側もまさか先代火影が直接来ているとは、夢にも思わないだろう。

私も、先代火影がそこまでのことを考えて視察任務をされているとは、つい先日まで夢にも思わなかったからだ。ただの休暇旅行ではないのだ。決して。

「どう、変わりない？」

そんな先代火影――六代目に、そう訊《たず》ねられる。

「このまま道なりで大丈夫そうです」

地図を広げたまま、私は答えた。

私たちは今、火の国と湯の国の国境付近にある旧街道を歩いていた。

道幅が狭《せま》く不便だったため、今では新しくつくられた別の街道が使われている。

なので当然、旧街道には私たち以外に人の姿はない。しかし地図の更新作業のために、あえてこういった場所も通らなければならなかった。

「よかった。古い地図だから少し不安だったんだ」

まるで不安そうなそぶりも見せず、それどころかむしろ穏《おだ》やかな表情のまま、六代目がそんなことを言う。そして、ガイさんの車イスを押しながら歩いていく。

山肌《やまはだ》を縫《ぬ》うように続いている旧街道。見下ろせば、谷底には川が流れている。景色は抜群にいいが、柵《さく》もなにもない。ひとたび足を踏《ふ》み外《はず》せば真《ま》っ逆《さか》さまだ。道幅も狭く、夜間や悪天候の際にはとてもじゃないが通れそうもない。

この道が今では使われなくなってしまった理由は、こういうところにあるのだろう。

だが、幸《さいわ》いなことに今はよく晴れているし、見通しも良好だ。旅人もいないので、当然それを狙《ねら》う山賊《さんぞく》などもいない。私たちにとっては逆に安全な道となっていた。

それに、さすがにかつて街道として使われていただけあって、足下《あしもと》もきちんと整備されている。かつては綺麗《きれい》に敷《し》き詰《つ》められていたであろう石畳《いしだたみ》は、ところどころが割れ、剝《は》がれ、その隙間《すきま》からは雑草が伸び放題になっているものの、山の中を闇雲《やみくも》に突っ切るよりは遥《はる》かに快適だ。

「少し休もうか？」

しばらく進んだところで、六代目がそう切りだした。

「天気もいいし、急ぎの旅じゃないからね」

正直、この提案はありがたかった。

今回の視察任務――その中でも私の役目は、六代目とガイさんの付き人なのだが、要は護衛をしつつ、その他できることは率先《そっせん》して臨機応変にすべてやるというものであった。

なにせ、現役《げんえき》の忍は私しかいないわけで、つまりは、先ほどのように地図の情報を新しくするためにあたりの探索《たんさく》をするのも当然私の仕事であったし、もちろん探索の前に護衛として周囲の警戒もきちんとしなければならないし、道や地形の確認ついでに水や、場合によっては食糧《しょくりょう》の確保もしたりと、護衛といえども常《つね》に六代目やガイさんのそばにいるわけではなく、意外と忙しくあちこちと飛び回って動かねばならないのだ。

そしてこれもまた当然のことだが、まだ地図に載っていないような源泉などの位置を追記するためには、それ相応の――ふつうは人が通らないような、もしかしたらここを通るのは自分が人類初なのではないかというくらいの場所に踏み入っていかねばならないわけで、相当骨が折れるのだ。

朝から動きっぱなしだった私は、地図を畳《たた》んで足を止めた。

「確かに、少し疲れました」

そう言って、ぐぐぐっと伸びをする。休憩するにはいい頃合いだ。

「ミライよ、この程度でバテていてはいかんぞ。もっと体力をつけなくてはな」

そのまま腕のストレッチをしていると、ガイさんにそう言われてしまう。ガイさんは常に前向きだ。この言葉も、非難めいたものではなく、力強く励《はげ》ますような口ぶりだった。

「体力は、忍にとって一番大切なものと言っても過言《かごん》ではない……！」

遠くの緑を眺めながら、ガイさんが続ける。

「オレは歳《とし》のせいか、年々体力が落ちてきていてな……」

急に切ない話になった。そのまま、ガイさんは強く拳《こぶし》を握《にぎ》りしめる。

「若い頃にもっと鍛《きた》えておけばと、そう思う日々だ……！」

うなるガイさんに、六代目がげんなりとした表情でつぶやいた。

「いや、あれ以上鍛えてたら死ぬでしょ……」

いったいどんな修業をしていたのだろうか。気にはなるが、あまり想像したくない。

「まあ、なにはともあれ体力はないよりあったほうがいい。ミライ、お前はまだ若い。これから先、もっともっと伸びていく。特に体力を伸ばすんだ！」

確かにそのとおりだ。体力は必要だ。私が頷《うなず》いていると、六代目に耳打ちされる。

「ガイは体力オバケみたいな側面があるから、話半分で聞いておけばいいからね」

「カカシィ！　聞こえているぞぉ！」

しかしすぐさま、ガイさんが声を張りあげる。ふたりはいつもこんな調子だ。私も、当初こそふたりとの年齢差もあってか、ぎくしゃくとした雰囲気になってしまっていたが、今ではだいぶこの空間に馴染《なじ》んできたように思う。

「ま！　体力は大事だけど、やっぱり最後にものを言うのは精神力かな」

ハハハと笑う六代目。

「たとえ精神力があったとしても、体力がなくてはけっきょくは意味がないからな！」

それに対して、ガイさんが豪快に笑う。

「みんな修業してるんだから、むしろ体力はあって当然だよね？　体力は忍にとって基本中の基本。だからこその精神力だとオレは思うね」

六代目が、にこやかに語る。

「忍たるもの精神力はあって当然。だからこそあえて体力だ！　基本を疎《おろそ》かにしてしまっては精神力もへったくれもない！　体力は意識して鍛えねばならないとオレは思う」

ガイさんも、にこやかに語る。

六代目もガイさんも、穏やかな口調で語ってはいるが、なんか、さっきからどうもいつもの雰囲気とは違うような気がしてならない。

「そうだミライ。お前はどう思う？」

笑顔のガイさんに訊ねられる。

「どう、とは……？」

「そりゃあもちろん、体力と精神力、どちらがより大切かという話だ。なあカカシ？」

「そうだね。あえてどちらかを選ぶとしたらって話だね」

うんうんと、笑顔で頷く六代目。

なぜだかわからないが、笑顔のふたりに見つめられて冷や汗が出てきた。なぜか妙に場の空気が重く感じる。息苦しくなってくる。なんだこれは。耐《た》えられない。もはや躊躇《ためら》っている暇はない。ごくりと固唾《かたず》を呑《の》んで、私は思いきって最善と思える答えを返した。

「あの、どちらも大切という「それはなしかな」

一瞬にして、六代目に遮《さえぎ》られる。

「そう。あえてどちらかだぞ」

ガイさんがやさしく微笑《ほほえ》む。これでは退路がない。

体力か。精神力か。

私はいったい、どちらを選べばいいのだろう。

しかしこの場合、私がどちらを選んでも確実に二対一の関係になってしまう。三人組の弊害《へいがい》というやつだ。三人組だとこのようなことはまま起きるものだ。ふたり掛けの席などはその最たる例だ。

困った二択《にたく》にどうしたらいいのか悩んでいると、六代目が声をあげた。

「おっと、そろそろ出発しないと、暗くなってしまうな」

「おお、そうだな。早いところこの山を抜けなくては」

「じゃ、休憩は終わりってことで」

いそいそと荷物を整《ととの》えはじめたふたりに、私は思わず安堵《あんど》の吐息《といき》を漏《も》らした。

「宿場町《しゆくばまち》に着いたら、まずは温泉だな！」

「んー、そうだねえ。けっこう汗かいたからねえ」

いつの間《ま》にか、いつものゆるい雰囲気に戻っている。助かった……。

ようやくこの理不尽《りふじん》な二択から解放された。我ながらよく耐えたと思う。さすがは私だ。

無茶な選択を迫《せま》られても耐えきってみせた。『忍者とは忍《しの》び耐える者』とは、こういうことか。あとはこのまま話を逸《そ》らしつつ、かつ場を和《なご》ませつつ、穏便《おんびん》に宿場町にたどり着きさえすれば――

「じゃあ、さっきの答えは旅館に着いてからだな」

ふたりが、にこりと笑った。まだ耐えろというのか。


山を抜け、宿場町にたどり着いた私たちの前に現れたのは、大勢の観光客だった。規模としては決して大きくない町が、人であふれかえっていたのだ。

「おかしいな……。もっと静かな町だと聞いていたんだが……」

六代目が、訝《いぶか》しげな声をあげる。

「これ、宿が取れないいんじゃないですか……？」

多くの人でごったがえす町の様子から察するに、本日の寝床《ねどこ》の確保は訊《き》くまでもなく絶望的だろう。おそらく、どこの宿もすでに満員のはずだ。

「どうやら、祭りのようだな」

ガイさんが、店先に張られていたポスターを指さした。

そこには、大きく書かれた『祭』という文字とともに、犬をモチーフにしたであろうお面と、猫をモチーフにしたであろうお面が並んで描かれていた。

やたらと多い観光客は、皆この祭り目当てにやってきているようだ。

「祭りか、どうりで……」

つぶやきながらあたりを見まわす六代目。私もまた、周囲に目を光らせる。無論、護衛のためだ。道行く人たちの動き、表情、目線などを素早《すばや》く観察していく。悟《さと》られぬよう、あくまでも自然に。

「それにしても、変わったお面だねえ」

六代目が、のんきな声をあげる。確かに、すれ違う人の中には、ポスターに描かれた面をつけている人たちが多い。祭りの参加者ということなのだろうか。

走り回って遊ぶ子供たちはそのまま顔につけていたりするが、大人《おとな》たちもそれぞれおでこなり後頭部なり、あるいは腕や腰などに面をつけて歩いている。各々《おのおの》が好みでつけ方を変えているところが、どこか忍の額当《ひたいあ》てを思わせる。

そして、犬の面をつけている者は、同じ犬の面をつけている者と談笑し、猫の面をつけている者は、やはり同じ猫の面をした者同士で仲良くいっしょに歩いている。どうやら、同じ面をつけた者同士が仲間という感じらしい。

「なんの祭りなんでしょうか?」

よく見ると、周囲の店の従業員たちでさえ、店ごとに犬か猫、どちらかの面を身につけている。町を挙《あ》げての祭りなのだろうから当然といえば当然なのだが、不思議なことに、ポスターには肝心要《かんじんかなめ》であるはずのこの祭りの名前がどこにも書かれていないのだ。

すると六代目が、なぜか周囲の様子を窺《うかが》いつつ、声をひそめた。

「これはいわゆる『犬猫祭り』……いや『猫犬祭り』とも言うんだが……」

「どっちなんです?」

「んー、人によって呼び方が変わるんだよね……」

「……?」

六代目のなんとも曖昧《あいまい》な返答に首を傾《かし》げていると、ガイさんが切りだした。

「この町は少し特殊でな……。ミライ、足下の線には気づいているな」

足下の線――今、私が立っているこの大通りには、通りをちょうど半分に分けるような線が一直線に引かれていた。

　最初はなにか、右側通行だとか左側通行だとかそのような決まりでもあるのかと思っていたのだが、それぞれが自由に歩いている通行人を見ていると、どうもそうではないらしい。よくわからなかったので特に気にはしていなかったのだが……。

「ええ。もしかして、これはその祭りのために？」

「いや、これは国境だ」

「国境!?」

　ガイさんの口から出てきた予想外の単語に、思わず声をあげてしまう。

「でも、ここ町中《まちなか》じゃないですか!?」

　人であふれるこの大通りに、火の国と湯の国の国境があるとは思いもしなかった。というか、これでは散歩をしたり買い物に行ったりするだけで、国境線を越え出入国をくり返すことになってしまうのではないか。

「ここは町中に国境線があるという非常に珍しい場所なんだ。線を挟《はさ》んで右側が火の国。左側が湯の国といった具合にね」

　六代目の言葉に、私はまじまじと国境線を見つめた。足下に引かれた線。そこから一歩横に動いただけで、別の国になる。空気の匂《にお》いや地面の色が変わるわけでもないのに、そこはもう別の国なのだという。なんとも不思議な感覚だ。

「これで、町の人たちは混乱しないんですか?」

「一応、火の国側に建物がある者は火の国の住人、湯の国側に建物がある者は湯の国の住人、さらには国境線上にまたがって建物がある場合は、玄関の位置や敷地面積の比率《ひりつ》なんかで必ずどちらかの住人ということにはなっているんだけど、それはあくまでも書類上の話で、町の人たちは『この町の住人』ということで基本的にみんなまとまっているんだ」

「ただ、この日ばかりは勝手が違うという話だな」

六代目の話に頷いていたガイさんが、いつになく深刻な顔をして話を引《ひ》き継《つ》いだ。

「国境線をまたぐ形で、この町には古くからふたつの温泉がある。ひとつは『犬の湯』と呼ばれている。そしてもうひとつが『猫の湯』だ」

ガイさんが、この町に伝わる昔話を語りはじめた。


それは、かつて、まだこの場所が町となる前――村だった頃の話。

どこからともなくやってきた一匹の犬が、村の若者に地面を掘るように伝えた。

若者が地面を掘ったところ、そこから温泉が湧《わ》き出《で》てきた。

温泉のおかげで人が集まった村は発展し、やがて町となった。

村の者たちは犬に感謝し、「あの犬はきっと犬神様の使いだったに違いない」と、以降犬神様をかたどった面を御守《おまも》りとし、この温泉に『犬の湯』という名前を付けた……。

一方、こんな話もある。


同じく、かつて、まだこの場所が町となる前——村だった頃の話。

どこからともなくやってきた一匹の猫が、村の若者をしきりにある場所に招いた。不審《ふしん》に思った若者が地面を掘ってみたところ、そこから温泉が湧き出てきた。温泉のおかげで人が集まった村は発展し、やがて町となった。

村の者たちは猫に感謝し、「あの猫はきっと猫神様の使いだったに違いない」と、以降猫神様をかたどった面を御守りとし、この温泉に『猫の湯』という名前を付けた……。


「ちょ、ちょっと待ってください。それって、ほとんど同じ話じゃないですか⁉」

ガイさんから、この町に伝わるふたつの昔話を聞かされた私は、またも驚きの声をあげてしまう。国境といい昔話といい、先ほどからこの町には驚かされっぱなしだ。

「ふたつの温泉には、類似《るいじ》したふたつの言い伝えがあった……。やがて、それが原因となりこの地に住む者たちの間に激しい対立が起きるようになってしまった。どちらの話が正しいのか、また、犬神様と猫神様、どちらが町の正統な神様なのかを巡《めぐ》る争いだ。争いは時とともにその形を変え、いつしか祭りとなった。そして偶然にもまさに今日が、一年に一度のその祭りの日というわけだ……！」

ガイさんから町の成り立ちと祭りの歴史についての話を聞いて、私は、先ほど六代目がこの祭りの名称を濁《にご》していたことを思い出す。

『犬猫祭り』と『猫犬祭り』

おそらく、犬の面を身につけている犬神様派の住人たちは『犬猫祭り』と呼び、その逆に、猫の面を身につけている猫神様派の住人たちは『猫犬祭り』と呼んでいるのだろう。

六代目が、周囲の目を気にして声をひそめていたのも無理はない。

祭りの呼び方ひとつで、どちら側につく人間であるかがはっきりしてしまうのだ。それはつまり、もう一方の側とは自動的に対立するということでもある。

「さっきも言ったけど、ここに住む人たちはみんな、どこそこの国の人だというよりも、『この町の住人』という価値観を持ってまとまっているんだ。それは、国境にとらわれずに、犬なのか猫なのかという対立の中で育《はぐく》まれたこの町ならではのものなんだろうね」

六代目の話を聞きながら、考える。

犬と猫の対立で逆にまとまるというのは、ふつうに考えるとありえないような話だが、確かにこの特殊な町ではそうなるのかもしれない。

たとえば、右隣にある家は、国境線を挟んでいるからすぐ近くにあるのに別の国。住んでいる人も別の国の人間。しかし、自分と同じ犬派の人たち。だから仲良くできる。

その反対側、左隣にある家は、同じ国の人たち。しかし猫派である。一年に一度の祭りのときは対立するが、ふだんは隣同士助け合って暮らしている。だから仲良くできる。

六代目やガイさんの話から想像するに、おそらくこのような感じで町全体のまとまりが生まれているのではないだろうか。

「ま！　ふだんはまとまっているらしい住人たちだけど、祭りの日は相当激しく対立するみたいよ。それに近年では、この祭りの噂《うわさ》を聞きつけた犬派と猫派が世界中から集まってきているようなんだよね」

「それでこんなに人が……」

それほど大きくない町に多くの人がいる理由。それは、世界中の犬派と猫派が、祭りのある今日という日を狙ってこの町に押し寄せていたからだったのだ。

「おまけに、この祭りはいわゆる『喧嘩《けんか》祭り』でな」

ガイさんが補足すると、六代目が頷いた。

「ふんどし一枚となった屈強《くつきよう》な男たちが、雄叫《おたけ》びをあげながら巨大な犬と猫の神輿《みこし》をぶつけ合うというあれだな。誰しもが一度は耳にしたことがある有名なやつだ」

生まれて初めて聞く儀式だった。どうしよう、知らないとか言えない。

「毎年多数のけが人が出るようだな」

「そりゃあ、これだけ人が増《ふ》えるとねえ……」

しみじみと祭りの参加者たちを眺めるふたり。

「こうして偶然にも祭りの日に来られたのもなにかの縁だ。どうだカカシ、せっかくだから、このまま特等席で神輿を見ていこうじゃあないか！」

「おっ、いいねえ」

挙《あ》げ句《く》の果てには、そんなことまで言いだした。

だが、付き人として護衛として、正直そんな危なっかしい祭りを間近で見るのはやめてもらいたい。人が多すぎて、私ひとりではとても護衛しきれないからだ。これでは猫の手も借りたいどころか、高度な訓練を積んだ忍犬《にんけん》の手を借りる必要がある。

「それはちょっと……」

危険なのでやめてください。そう言おうとした瞬間、ガイさんの声に遮《さえぎ》られる。

「おお、見てみろカカシ！　すでにあちこちで犬派と猫派が火花を散らしているぞ！」

声につられて、私もなにげなくあたりを見まわす。国境線付近で、犬派と猫派のにらみ合いがすでにはじまっていた。まさに仁王立《におうだ》ちといった様子で、お互い一歩も引かない。人だけではない。いつの間にか周囲には犬や猫たちも集まりはじめていた。

雑踏《ざっとう》のなか、人々のざわめきに、犬のうなり声が混《ま》じる。時折、堰《せき》を切ったような猫の甲高《かんだか》い鳴き声が響《ひび》く。まもなく神輿がやってくるのだろう。すでに町は熱気に包まれており、向かい合う犬派と猫派の間には、嵐の前のような静かな緊張感が満ち満ちていた。

すると――

「……あれ⁉」

視界の端《はし》に見覚えのある人の姿を捉《とら》えた私は、思わず声をあげていた。

「キバさん⁉　タマキさん⁉」

国境線のそばで向かい合う男女。それは、幼い頃からよく知るふたりだった。

「ミライか⁉　なんでここに⁉」

私に気づいたキバさんが、目を丸くする。お互い出会うはずのない場所だ。おそらく、私も同じような顔をしているに違いない。

伸ばした前髪を後ろへなでつけ、顎髭《あごひげ》を生《は》やしているというワイルドな風体《ふうてい》をしたキバさんは、木ノ葉《こ は》屈指の忍犬使いで、私の母の教え子だ。

見知った顔に嬉しくなった私は、そのままキバさんのもとに駆け寄った。

「たまたま任務で通りかかったんです」

「おおっ、そりゃ偶然だな。あっ、こりゃどうも、六——カカシ先生、ガイ先生」

私の後ろにいる六代目とガイさんに気づくと、キバさんは少し気まずそうに笑いながらペコペコとお辞儀をした。とっさに『六代目』と呼びそうになって、慌《あわ》てて直したのがいかにもキバさんらしい。このように人の多いところで、あまり『六代目』だの『火影様』だのとは呼べない。誰が聞いているのかわかったものではないからだ。

「ふたりは休暇旅行かな?」

私と違い、六代目は特に驚いた様子もなく落ち着いていた。常にどっしりと構《かま》えていられるのは、年の功《こう》というやつだろうか。

「あっ、ええ、まあ……そうなんすけど……」

「おいおいカカシ、オレたちはお邪魔《じゃま》なんじゃないか?」

「いや〜、それがですね……」

なんとも歯切れの悪い調子で、キバさんがちらりとタマキさんを見やる。するとタマキさんは、腕を組んで「ふん」とそっぽを向いてしまう。

「えっと、これなんか雰囲気悪くない……?」

困惑《こんわく》する六代目を前に、キバさんがバツの悪そうな顔をして答えた。

「国境をまたぐようにして、『犬の湯』と『猫の湯』っつーのがあるじゃないすか。それでまあ、どちらから先に入るか、少し揉《も》めているみたいな感じでして……」

「え!?　そんなことで？」

もっと深刻な事態を想定していたのだろう。心の声が駄々漏《だだも》れになる六代目。

「そんなもの、お互い好きなほうに入ってくればいいんじゃないか？」

「いや、ここまで来て別行動っつーのもあれですし……。せっかくの祭りですから……」

ガイさんの提案に、キバさんが苦笑《にがわら》いを浮かべながら答える。確かに里から国境までそれなりの距離がある。わざわざここまで来て別行動というのはさみしい話だ。

そうだ。わざわざここまでといえば――

しゃがみこんだ私は、キバさんの足下で寝ている赤丸《あかまる》をなではじめた。

「赤丸、えらいね。ここまで来られたんだね」

よしよしと、赤丸をこねくり回すようにしてなでる。赤丸はかなりの老犬で、私が生まれたときにはすでに成犬だった。子供の頃、よく遊んでもらったのを覚えている。

歳のせいか足腰も弱り、今では一日中家で寝ていることが多くなったと聞いていたが、さすがは忍犬。こんなに遠いところまで、よく歩いてきたものだ。

そんなことをしみじみと思いながらなでていると、一匹の子犬が尻尾《しっぽ》を振りながら駆け寄ってきた。赤丸をそのまま小さくしたかのようなこの白い子犬は、赤丸の技《わざ》を受《う》け継《つ》いだ次世代の忍犬だ。赤丸にしたように子犬をなでていると、タマキさんの声が響いた。

「多数決で『猫の湯』に決めたってのにまだグチグチと、ほんと男らしくないんだから」

「おまっ、多数決って、猫を数に入れたら、そりゃそうなるだろ！」

キバさんが、六代目やガイさんと話すときとはまた違った口調で、抗議の声をあげる。

タマキさんは、サラサラの髪をした美人で、猫好きで有名な人だ。今もタマキさんのまわりには野良猫なのかどうなのかわからないが、たくさんの猫が集まっていた。

ふたりは『犬の湯』と『猫の湯』、どちらに先に入るのか多数決で決めたらしい。その際に、連れている猫の数も含めてタマキさんが勝ったという話をしているようだ。

おそらく相当話がこじれてそうなったのだろうが、そもそもなぜ、一対一で多数決をしようなどという意味不明な話になったのだろう。謎だ。

そして、多数決には犬と猫も含むという条件だったのならば、お互いが連れている犬と猫の数の差で、始める前から自分が負けるということが確定しているという事実に、なぜキバさんは気づかなかったのだろう。大人の男女間の揉め事には、かくもわからないことが多いものなのか。

「だいたいオレは、それなら『猫の湯』でもいいって、さっきも言ったじゃねーか」

「そんな嫌々《いやいや》ながら来られても全然嬉しくないんですけど」

「は？　別に嫌がってねーだろ」

キバさんとタマキさんの言い争いがまたはじまってしまう。おそらく、私たちが来る前からこういう状態で口ゲンカになってしまっていたのだろう。奇《く》しくも今日この日この場所で行われる祭りと同じように、犬派と猫派の争いが勃発《ぼっぱつ》していたのだ。

キバさんの姿に重《かさ》なるように、その背景には口から湯を吐き出す犬の像があった。タマキさんの側にも、口から湯を吐き出す猫の像がある。

一見すると噴水のようにも見えるこの二体の像だが、口から吐き出される湯からも、像の足下に貯《た》まった湯からも、これでもかというくらいに、もうもうと湯煙が立ちのぼっていた。どうも、吐き出される湯は、かなりの高温であるらしい。

像から豊富に流れ出る高温の湯は、ここからパイプを通っていくうちに適温となって、町の各所に温泉として供給されているようだ。

町に伝わるふたつの昔話を再現したであろうふたつの像。像は、互いの間に建てられた壁によって完全に仕切られ、『犬の湯』と『猫の湯』は決して交《まじ》わることがない。

まるで、今のふたりを象徴《しょうちょう》しているような光景だった。

「ああっ、もう！　わかった！　わかったよ！」

キバさんが、一際《ひときわ》大きな声を張りあげた。

「そんなに言うんならもう一度多数決で決めようぜ。もちろん、今度は人間だけでな」

これで今度こそ後腐《あとくさ》れがねえだろと、タマキさんに告《つ》げる。

「結果が出ても、どうせまたウダウダ言うんでしょ？」

「言わねーよ。今度はオレが勝つからな。カカシ先生！　カカシ先生は犬派っすよね？」

口論の最中に突然話の矛先《ほこさき》を向けられた六代目が、戸惑《とまど》いながらも答える。

「あ、ああ。どちらかと言われたら、オレは一応忍犬使いでもあるからな」

「よっし！　じゃあ『犬の湯』ってことで」

そう言うと、キバさんが自分のそばに六代目を引き寄せる。どうやら私たちは、ふたりの多数決に巻きこまれてしまったようだ。

そして多数決は、はじまって早々に二対一となり、タマキさんが不満げに頰《ほお》をふくらませる結果となった。しかし、すでにガイさんが動いていた。

「カカシがそっち側なら、オレは『猫の湯』だ！」

ガイさんが車イスを器用に動かしてタマキさんのとなりに並ぶ。

「正直、オレはふたりの痴話《ちわ》喧嘩には一切《いっさい》興味はない！　だが、オレとカカシは常に対峙《たいじ》する間柄《あいだがら》。いつだってオレは、カカシの前に立ちはだかってみせるぞ！」

——この人は本当に思っていることをそのまま言うなあ……。

六代目を指さして熱く叫ぶガイさんを、半分呆《あき》れながら見つめる。

しかしながら、とにもかくにも、これで多数決は二対二となった。

タマキさんが飛《と》び跳《は》ねて喜び、キバさんが苦々《にがにが》しい表情を見せる。

そして——

私に、視線が集まった。

キバさんとタマキさん、さらには六代目とガイさんが、じっと私を見つめていたのだ。

「あ、あれ……？　まさか……」

たじろぐ私に、キバさんが微笑む。

「ミライは、当然犬派だよな？」

「あら、ミライちゃんは子供の頃から猫好きだったもんね？　ね？」

タマキさんも、やさしく微笑む。

既視感《きしかん》しかない光景だった。

これはそう、五人組の弊害。またしても、私が最後のひとりとなってしまったのだ。

「ミライは昔っから赤丸と遊んでるんだぜ？　猫好きのハズがねえ！」

「ミライちゃんは、よくうちの猫たちとも遊んでましたけど？」

「あぁ？　赤丸と遊んでた時間のほうが長いだろうが！」

「猫たちと遊んでいたときの思い出のほうがより印象的よねミライちゃん？」

再《ふたた》び、キバさんとタマキさんのケンカがはじまってしまう。しかも今度は、私を中心とした争いだ。なぜなら、私がついた側が多数決に勝つからだ。

しかしそんな大役、私には荷が重すぎる……！

おずおずと、ふたりに提案してみる。

「あの、両方好きというのは……」

「『それはなし！』」

ふたりが声を揃《そろ》えてまったく同じ台詞《せりふ》を叫んだ。仲がいいのになんでこんな……。

困った……。引きつった笑《え》みを浮かべながら、考える。

犬と猫。私はいったい、どちらを選べばいいのか。ただし、たとえどちらを選んだとしても、選ばなかったどちらか一方を傷つけることになってしまうのは確実だ。

キバさんもタマキさんも、幼い頃からよく世話になった大切な人たちだ。私には、どちらか一方などとても決められない。

「なあ、ミライ。頼むよ。犬派だよな？　お願いだから犬派だと言ってくれ」

ついには、キバさんが切実な声をあげはじめた。心なしか、涙目《なみだめ》になっているような気さえする。

「ええ……なんでそんな……」

「頼むよ……。紅《くれない》先生の子には、犬派であってほしいんだよ……」

確かに、犬使いであり、私の母の教え子であり、私が生まれたときから間近で見てきているキバさんからすれば、私にも犬好きになってもらいたいと思うのは当然のことだ。

そんなキバさんの言葉に、私は幼い頃のある出来事を思い出していた。

それは、キバさんと同じく母の教え子であったシノさんの話だ。


その日は、私の何度目かの誕生日であった。けっこう前のことなので何歳だったのかはハッキリと覚えていないが、まだ忍者学校《アカデミー》に入学する前のことだ。

今でも私の部屋の本棚《ほんだな》に置いてある図鑑があるのだが、それはこの日、誕生日プレゼントとしてシノさんが持ってきてくれたものだ。

「天気や地理、動物の図鑑もある。これらを読んでおけばいい勉強になるだろう。そしてオレのおすすめはこの昆虫図鑑だ。なぜならオレは――」

次々と目の前に広げられた図鑑に、当時の私は目を輝かせていた。

「これよむ！」

その中でも、幼い私が真っ先に飛びついたのは動物図鑑だった。

さまざまな動物の生態などが描かれているページを夢中になってめくっていくと、最後のほうに『人間と友達の動物たち』というページがあった。

そこには、あらゆる種類の犬や猫の写真が所狭《ところせま》しと掲載《けいさい》されていた。

「赤丸とおなじやつ」

犬の写真を指さすと、シノさんはやさしく頷いた。

「そうだ。赤丸とおなじやつだ。ここには犬と友達になる方法も載っている。だが、犬は赤丸以外にも里の中にたくさんいる。だからオレはあえて先にこっちの昆虫図鑑を読むことを勧《すす》めたい。なぜなら、この図鑑には里では見ることのできない非常に珍しい――」

「ねこもかわいい！」

「そうだ。猫はかわいい。猫とはそういう生き物だ。だが、ここはこの昆虫図鑑――」

「毛が、もふもふしてるー」

「虫にも毛が生えているものがいる。そういうこともこの昆虫図鑑を読めば――」

齧《かじ》りつくようにして動物図鑑を眺めている私のとなりで、シノさんがしきりに昆虫図鑑を勧めていたのをよく覚えている。今思えば、図鑑のセットと言いつつ、シノさんは本当は私に昆虫図鑑を贈りたかったのだ。昆虫図鑑だけでなく、昆虫図鑑も入っている図鑑のセットにしたのがなんともシノさんらしい。蟲使《むしつか》いのシノさんとしては、やはり今のキバさんと同じように、私に虫を好きになってもらいたかったのだろう。

そう思うと、幼かったとはいえ、真っ先に動物図鑑に食いついてしまったのは、なんだか申《もう》し訳《わけ》ない気分だ。きっと、内心さみしい思いをさせてしまったことだろう……。

頼むから犬派と言ってくれと懇願《こんがん》するキバさんを前に、そんなことを考える。

ちなみにだが、地図を見ることが好きになったのも、実はその図鑑がきっかけだったりする。図鑑に載っていた世界の地図が最初だ。

まだ里の外にも出たことがなく、忍者学校《アカデミー》に入学する前の幼い私にとって、その図鑑や地図は、唯一《ゆいいつ》外の世界とつながる大切なものだった。

思い返せば呆れるほど、飽きることなく毎日のように世界地図のページを眺めていたものだ。それ以降、地図や図鑑、ひいては読書が大好きになったのだ。

地図を眺めてはまだ見ぬ世界にわくわくし、図鑑を見つめてはいつか本物と出会うことを夢見てドキドキした。さすがに国境線の真上にある町で、多数決の最後のひとりになるところまでは想像できなかったけれども。

「『犬の湯』はいいぜ。なんたって歴史が違う。犬が人間と協力して掘り当てたっていう心温まるエピソードがあるんだぜ。ここは心も体も温まる『犬の湯』に決まりだろ？」

「なにそれ？　『猫の湯』のパクリじゃない。そんなのより断然『猫の湯』よ。こっちこそ本家本元、招き猫が温泉の位置を教えてくれたっていう神秘的な湯なんだから！」

犬派と猫派――キバさんとタマキさんとの間で、板挟み状態が続いていた。虫派もとい蟲派の話を思い出している場合ではなかった。

「なんだよ猫が招いたって。猫が温泉の場所なんてわかるわけねえだろうが」

「それを言うなら犬が掘ったってなによ？　犬は温泉なんて掘りません。犬なんて穴掘って骨埋めて終わりよ。それなのに『猫の湯』の神話を丸パクリするなんて呆れるわ」

あからさまにため息をついて、やれやれと首を振るタマキさん。一方、キバさんはというと、鋭い犬歯を剝《む》きだしにしてギリギリと歯軋《はぎし》りをしていた。

「くっ、ぐぎぎ、さっきからパクリパクリってよ！　『犬の湯』の神話をパクってんのはてめーら猫のほうじゃねーか！　この泥棒猫がッ！」

「ど、泥棒猫ですって!?　失礼な！　謝《あやま》りなさい！　すべての猫に謝りなさいッ！」

「なんでオレがすべての猫に謝罪しなきゃなんねーんだ！　だいたいお前はいつも」

――と、その瞬間。

オォオオオオオオオオオオ！

腹の奥底にまで響きわたるような太鼓《たいこ》の音とともに、鬨《とき》の声があがった。町の中心部、大通りに神輿がやってきたのだ。

その場にいたすべての人の視線が、一箇所《かしょ》に注《そそ》がれる。視線の先にあるのは、神輿とそれを担《かつ》ぐ幾人《いくにん》もの男たちだ。面をつけ、ふんどし一枚となった筋肉質の男たちが、犬と猫の神輿を盛大にぶつけ合っているという凄《すさ》まじい光景がそこにあった。六代目の話を聞いたときに想像していたものよりも、遥かに迫力のあるものだった。

担ぎ手たる男たちの雄叫びに、周囲の人々の歓声《かんせい》が重《かさ》なっていく。激しく神輿がぶつかり合うたびに、どこかでけたたましく犬が吠《ほ》え、発情期さながらに猫が鳴いた。やがて歓声の中に怒号《どごう》が混ざりはじめ、町全体が一気に騒然とした雰囲気に包まれた。

神輿とともに人が押し寄せてくる。まるで人の波だ。神輿を中心として、世界中から集まった犬派と猫派が、押し合いへし合いを繰《く》り広《ひろ》げる。これこそが、この町に古くから伝わる『犬猫祭り』、あるいは『猫犬祭り』なのだ。

そんななか、私たちのそばにいた犬の面をつけた筋骨隆々《きんこつりゅうりゅう》の男たち——犬派の一団が、なにやらざわつきはじめた。どうも、こちらの様子をちらちらと窺っているようだ。

しばらくすると、男のひとりが近づいてきた。

「突然申し訳ない。あなた様はもしや、忍犬使いの中で、今もっとも火影に近いと噂されているあの有名なキバさんでは⁉」

突然のことに目を白黒させながらも、すぐにキバさんが頷いた。

「あ、ああ。そうだが、それがいったい……」

「おおおおおおっ！」

男たちの野太い歓声があがる。

犬の面をかぶり、素肌《すはだ》にそのまま革《かわ》のジャケットを羽織《はお》った厳《いか》つい男たちが、キバさんを前にして、さながら憧《あこが》れの役者と対面した乙女《おとめ》であるかのように色めきたった。

「スゲェ、本物だ！　本物のキバさんだ！　同世代の忍犬使いの中では一番強いと噂されているあのキバさんだ！」

「国中のあらゆる散歩コースを熟知《じゆくち》していて、マナーの悪い飼い主には鬼のようにとことん厳しいと噂されているあのキバさんだ！」

「あまりにも犬が好きすぎて、オリジナルのドッグフードを販売しはじめたと噂されているあのキバさんだ！　キバさんは自分で味見もしてるっつー話だぜぇ！」

犬派の男たちが、口々にキバさんのことを讃《たた》えはじめる。

後半にいくにつれて、噂の質が著《いちじる》しく低下しているような気もするが、とにもかくにも男たちは、キバさんのことをかなり尊敬しているらしい。そんな男たちを前に、最初は呆《あっ》気《け》にとられていたキバさんだったが、すぐになにを思ったのか――

「そうだあああああオレがキバだあああああああ！」

拳を固く握りしめ、天に向かって吼《ほ》えはじめた。

おそらくは、思いのほか自分が有名だったことに気をよくしたのだろう。キバさんの叫びに、周囲に集まっていた他の犬派たちからも「うおぉおおお！」という声があがった。

「キバさんだ！　あのキバさんが来てくれたぞォォッ！」

「勝てるッ！　キバさんがいればオレたちは勝てるぞおおおおッ！」

「キバさんがいてくれれば百人力だ！」

「うおおお、猫派なんかぶっ潰《つぶ》せえッ！　やっぱり犬が一番なんじゃああああああ！」

キバさんの出現に、集まった犬派たちがよりいっそう勢いづいた。

「いいぞお前らッ、猫派の連中に今こそ犬のすばらしさを思い知らせてやれえええ！」

あたりに「キバさん！」コールが巻き起こり、キバさんが男たちに担ぎ上げられる。

「どけどけどけえええええいっ！　キバさんのお通りじゃああああああッ！」

「オレがキバだああああッ！」

神輿と化したキバさんが、町を練《ね》り歩《ある》きはじめた。男たちが、怒《ど》声《せい》を飛ばす。

「猫派ども、道を空《あ》けろッ！　キバさんだぞ！」

「そうだあああ！　オレがキバだあああああッ！」

そうして盛り上がる犬派とは別の意味で、猫派もざわついていた。

「誰……？」

「誰なんだ？」

「いや、ホント誰なんだ!?」

すさまじい温度差を抱《かか》えたまま、犬派と猫派の対立は続いていく。

「猫派なんてクソくらえッ！」

キバさんを担ぎ上げた男たちが、声を揃えて叫びだす。神輿のように祭りあげられてご満悦《まんえつ》な様子のキバさんも、男たちに続いて叫びだした。

「そうだあああ、自分勝手な猫派なんてクソくらえだああああッ！」

しかし次の瞬間、私は雑踏のなか、はっきりとその声を聞いた。

「私たち、やっぱり、合わないね……」

ぽつりとつぶやいたのは、タマキさんだった。

タマキさんが、悲しげな顔になる。私と同様に、タマキさんの声が聞こえたのだろう。キバさんが、はっとする。だが、熱狂と人の波に押されて、キバさんとタマキさんの距離は徐々《じょじょ》に徐々に離れていってしまう。神輿とともに押し寄せた人の波に、私たちは完全に呑みこまれようとしていた。

「タマキ……！　違う、オレは……」

キバさんが、必死にタマキさんを目で追った。しかし無情にも、荒ぶる犬派と猫派が、ふたりを遠ざけていく。

「くそっ、なんでこんなことになっちまうんだよ。オレはただ、お前といっしょにいたいだけなのに……！」

激しい神輿のぶつかり合いが続く。太鼓の音と人々の声が、大気を震わせる。キバさんの悲痛な声が、祭りの喧騒《けんそう》にかき消される。キバさんの声は、おそらくタマキさんには届かない。犬派と猫派というおよそ一個人ではどうにもできないような大きなうねりが、ふたりを全力で引き裂こうとしていた。犬派なのか、猫派なのか。多数決でさえ、どちらも選べなかった私が今すべきことは――

「カカシさん、こちらへ！」

周囲の人波をかいくぐり、私は六代目とともに移動をはじめた。犬派と猫派の間で揉みくちゃにされていた六代目を、安全な場所へと避難させる。そう、キバさんとタマキさんも心配だが、私にはやるべきことがあった。六代目を守らなければならない……！

それが私の、今やるべきことであった。

息を切らせながら、息をもつけぬほどの人波から抜け出す。神輿が、遠ざかっていく。

神輿とともに担ぎ上げられたキバさんも、巨大な流れには逆らえずに遠ざかっていく。

まるで戦争だ。

もはや、祭りの次元ではない。

振り返り、息を整えながら、私はそんな光景を呆然《ぼうぜん》と見つめた。

この町に伝わるふたつの伝説。長年にわたる犬派と猫派の対立。今なお続く喧嘩祭り。

キバさんは、こうして脈々と紡《つむ》がれてきた歴史という大河の流れのなかに、浮かんでは翻弄《ほんろう》されていく一枚の木の葉そのものだ。

それはもはや、キバさん自身はもちろんのこと、人ひとりの力ではどうしようもないものなのだろう。どんなに望んだとて犬が猫になれないように、また、猫が犬になれないように、はじめからこうなるものとして決まっている――

きっとこれは、そういう類《たぐい》のものなのだ。

そしてどちらも選べなかった私は、ここでもまた、なにもできない。

うなだれた私に、六代目が静かに問いかける。

「ふたりが気になるんでしょ？」

「でも、私は……」

「オレのことはいいから、行ってきたら？」

六代目が、ニコリと目を細めた。

しかしこの状況で、私ひとりに、いったいなにができるというのだろう。

通りを埋《う》め尽《つ》くすほどの人波では、キバさんたちのもとへはたどり着けない。

叫んだところで、すぐに私の声はかき消されてしまう。

それでは、この犬派と猫派の大いなるうねりは、止まらない。止められない。

「私は、どうしたら……」

「神輿が来たときのこと覚えてるよね？　あれ、一瞬にして会話が止まって、その場にいるみんなの視線が一箇所に注がれたでしょ？　あれと同じことをやればいい」

神輿と同じように――確かに、あの瞬間キバさんとタマキさんの口論は止まった。私たちみんな、その場にいた他の人たちも、一斉《いっせい》に神輿を見つめていた。けれども、あれと同じように、私になにができるというのか……。

戸惑う私に、六代目がそっと耳打ちをする。

「犬でもあり、猫でもある。そういうのも、ありだよね？」

「そうか、なるほど……！」

六代目の言葉に、私は目を輝かせた。おもしろい。それならば、たったひとりでこの場の騒ぎを――もしかしたら大きな歴史のうねりさえ、止めることができるかもしれない。

「君が適任だ。そうだろ、ミライ？」

「はいっ！」

そのまま、私は勢いよく走りだした。

思考が、冴《さ》えわたる。身体《からだ》が軽い。先ほどまで無力感に苛《さいな》まれていたのが嘘《うそ》のようだ。

そんな私の背中に、六代目の声が届く。

「あー、そうそう、ついでにガイのやつも見つけてきてくれない？」

「あ……」

そうだった。ガイさんが人波の中に取り残されていたのをすっかり忘れていた。だが、すぐに見つかる。なぜなら、まもなくこの騒ぎは収《おさ》まるからだ。

まずはじめにすべきことは、神輿のように皆の視線を集めること。私は落ちていたライターに目をつけた。雑踏のなか、誰かが落としたものだろう。ちょうどいい。

拾い上げたライターに火を灯《とも》すと、私はそれを勢いよく投げた。

ライターが地面を滑《すべ》るように、くるくると回りながら人々の足下を通過していく。やがてライターは、神輿も人波をも通り越し、そびえ建つ『犬の湯』と『猫の湯』を隔《へだ》てる壁にぶつかって止まった。そこで、すかさず印《いん》を結ぶ。

――火遁《かとん》・火打《ひう》ち矢倉《やぐら》！

すると、ライターに灯っていた小さな炎が、一瞬にして火柱へと変わる。

「うわあっ、な、なんだッ!?」

「か、火事だあああああッ！」

その場にいたすべての人々の視線が、突如《とつじょ》として現れた炎に集まった。

火打ち矢倉――これは、小さな種火《たねび》を一瞬にして爆発炎上させる術。本来は、小さな炎で敵を油断《ゆだん》させたあと、あるいは小さな炎を避けさせたあと、一気に炎を大きくして敵の意表を突く術であるが、今回は代わりに人々の注目の的《まと》になってもらう。

私はそのまま、さらに別の印を結んだ。

すると炎の中から、巨大な面が浮かびあがってきた。それはちょうど、犬派が身につけている面の半分と、猫派が身につけている面の半分を合わせたようなものだ。

半分が犬、もう半分が猫の巨大な面の出現に、犬派も猫派も一様《いちよう》に怯《おび》えだす。

あちらこちらから悲鳴があがり、もはやお互い争っている場合ではなくなってしまう。

「なんだこの化け物はッ!?」

ガイさんの声も聞こえてきた。声が大きいので、居場所がわかりやすくて助かる。

ところで、この巨大な面はもちろん化け物などではなく、私が幻術でつくりだしたものだ。炎をスクリーンに見立て、そこに幻術を投影しているというわけだ。

「こ、これはいったい……!?」

ざわつく人々に、最後の一押し。

『人の子よ、無益な争いをやめよ……!』

私が印を結んだままぼそぼそと口ずさむと、巨大な面から声が発せられた。それは私の声とは違って雷のように重々しい声となり、あたりの建物さえも震わせた。

さながら戦場かと見紛《みまご》うばかりの雰囲気が一変、今やあたりは、水を打ったように静まりかえっていた。誰もが息を凝《こ》らし固唾を呑んで、『犬の湯』と『猫の湯』を隔てた壁のそばに浮かぶ巨大な面の姿を見守っていた。

最後の一押し——それはお告げ。

もともと、長年続く犬派と猫派の争いの背景には、この地に伝わるふたつの昔話が大きく関係している。犬神様の使いである犬が温泉を見つけたという話と、猫神様の使いである猫が温泉を見つけたという話だ。どちらがより正統なものなのか、どちらがこの土地の本当の守り神であるのかを争っているのだから、争う理由をなくしてしまえばいい。

つまり、ふたつの湯のちょうど中間に半分が犬、もう半分が猫という超自然的な存在を出現させ、犬と猫、どちらも正統な話でありこの町の守り神であるというお告げを下すことによって、両者の諍《いさか》いを収めようというわけだ。

そのために必要なのが、幻術によって生み出された架空《かくう》の第三の神様。

六代目のヒントから、私が生み出したのがこの巨大な面の神様だ。

急造の神様ではあるが、犬と猫の顔を合わせ持つこの神様のお告げならば、きっと犬派と猫派――この場にいるすべての人々が素直《すなお》に耳を傾けてくれるはずだ。

「あ、あなた様はもしや、この地を守る第三の神『ねぬ様』では!?」

――本当にいるんかい。

危ない。思わずツッコミを入れてしまいそうになった。

『……いかにも』

声をあげた町人に神の声でそう答えると、人々がどよめきはじめた。

「第三の神様だ……」

「ちょうどふたつの湯の間にいるとかいないとか言われているあの……」

「ほんとにいたんだ……」

――なんだろうこれは……。

思わず、六代目に視線をやる。目が合うと、腕を組んでいた六代目が、静かに頷いた。

もしかして、六代目は、はじめからこの第三の神様の話を知っていた……?

だったら最初からそう言ってくれればいいものをと思いつつも、私はお告げを続けるために集中する。実際に第三の神様の話があるのであればちょうどいい。すぐにでも犬派と猫派の無益な争いを止めて、ついでにガイさんを見つけて、早いところ温泉にでも浸《つ》かってのんびりするとしよう。今日はいろいろなことがありすぎた。

と、そのとき――

視界の隅《すみ》で、なにかが飛んだ。

ガイさんだった。

「えええええっ!?」

私は、思わず印を結んだまま叫んでしまう。なんと、ガイさんが車イスごと、巨大な面に向かって一直線に飛んでいたのだ。

『えええええっ!?』

巨大な面が、野太い声で悲鳴をあげた。周囲の建物がビリビリと震えた。突然の神の咆《ほう》吼《こう》に度《ど》肝《ぎも》を抜かれた人々もまた、悲鳴をあげた。あたりは一瞬にしてパニックとなる。

「化け物め、さては祭りを壊すつもりだな！　このオレがそんなことはさせんッ！」

叫びながら、ガイさんが巨大な面に突っこんでくる。なんでこんなことになっているのか、まるで意味がわからない。目の前には、後先考えずに宙を舞うガイさんの姿が。そもそも、どうやって飛んだのかすらわからない。なんなんだあの人は。せっかくお告げがうまくいきそうだったというのに、なんで向かってくるんだ。なんだその勇気。とにもかくにも、これではすべてがめちゃくちゃだ！

勢いよく落下してくるガイさんに、私もまた悲鳴をあげていた。

「やめてガイさあああああんっ！」

「ぬおおおお！　ダイナミック・エントリー!!」

左足を前に突き出し、流星のように降ってくるガイさん。ガイさんの蹴《け》りが、ものの見事に巨大な面に直撃――しない。これはそう、私が投影しているただの幻術なのだから。

『やぁめぇてぇぐぅわいすぅわぁんんんん……っ！』

巨大な面が叫びながら、無惨《むざん》にも崩《くず》れて消えていく。ガイさんが、その後ろにあった炎のスクリーンの向こうに消えていく。

「熱っ、ほおおアッチャアァァァッ!?」

ガイさんの悲鳴が聞こえた。

そりゃそうだ。幻術をすり抜け、炎のスクリーンに突っこんだのだから。そしてその炎のスクリーンも、そのまま何事もなかったかのようにキレイさっぱり消えてなくなってしまう。ガイさんのあまりにも予想外な行動に、私の集中力が乱されてしまったのだ。

ガイさんの落下地点から、ドガン！　バキッ！　ビキビキ！　バカッ！　などという不《ふ》吉《きつ》な破壊音が聞こえてくる。

が、あたりには大量の湯煙と土煙が立ちこめ、なにも見えない。

「ガ、ガイさん……？」

やがて湯煙と土煙が晴れると、そこには――

湯を吐き出す犬の像と、同じく湯を吐き出す猫の像が、並んで建っていた。この町の変わらない風景。いや違う。ふたつの像の間にある壁が、崩れ去っていた。そばには、瓦礫《がれき》とともに軽く焦げ目《こめ》のついたガイさんが転がっていた。どうやら伸びてしまったらしい。

幻術をすり抜け、炎に飛びこむ形となったガイさんが燃えながら蹴りを叩《たた》きこんだのは、その後ろにあった『犬の湯』と『猫の湯』を隔てる壁だった。先ほどの破壊音は、蹴りが当たりヒビが入りそのまま壁が崩れてしまった音だったのだ。

ずっと並んで建っていたにもかかわらず、壁に遮られお互いの姿を見ることのなかった犬の像と猫の像が、今ここに出会った。

そして、変わったことはそれだけではない。

「おい、あれ……」

崩れ去った壁を呆然と見つめていた人々から、驚きの声があがる。

「『犬の湯』と『猫の湯』が、ひとつに……！」

壁が壊れ、犬の像が吐き出した湯と、猫の像が吐き出した湯が混ざり合っていたのだ。

「決して交わることのないふたつの湯が……」

「まさか、あの壁が壊れるなんて……」

ざわつく周囲の人々に、私は冷や汗を流していた。お告げが上手《うま》くいかなかったばかりか、長年ふたつの像を隔てていた壁を壊してしまったのだ。しかも、壁が壊れた直接の原因となったのは、よそ者であるガイさんだ。この町の住人たちは、それを見てどう思うのだろうか。過激な喧嘩祭りに興《きよう》じる犬派と猫派が、果たしてそれを許すだろうか。

そう考えただけで、寒くもないのに震えが止まらなくなってきた。

「お告げだ……」

ぽつりと、誰かがつぶやいた。

「お告げだ……」

ざわめきのなか、別の誰かもそうつぶやいた。

「これは、『ねぬ様』のお告げだ……！」

人々の声が、しだいに大きくなっていく。

「交わるはずのないふたつの温泉が、ひとつになった。これはお告げだ！」

「犬派と猫派の無益な争いを見かねて、『ねぬ様』が降臨《こうりん》なされたのだ！」

「オレたちはこの温泉のように手を取り合い、町を発展させていくべきなんだ！」

うおおおおお！　と人々が盛り上がる。

そこにはもはや、犬派の姿も猫派の姿もなかった。壁を破壊した先には、犬派も猫派も超《こ》えた、この町と温泉を愛しているすべての者たちという大きな絆《きずな》だけがあった。


……町の人たちは『この町の住人』ということで基本的にみんなまとまっているんだ。


六代目が言っていたとおりだ。私は、改めてその言葉の意味と重みを噛《か》みしめる。

国境に分けられたひとつの町。

書類上は違う国。

そしてことあるごとに犬派と猫派でケンカする。

だが、この町の住人は、自分たちが暮らす町を心から愛していて、誇《ほこ》りに思っていて、本当はみんなとても仲がいいのだ。

「ま、結果オーライってところかな」

いつの間にか私のとなりに立っていた六代目が、そう言って微笑んだ。

「ですが、失敗してしまいました……」

私としては、素直に喜んでもいられなかった。予想外の事態が起きたとはいえ、集中力を欠《か》いて幻術を解《と》いてしまったことに変わりはない。これが実戦だったらどうなっていたことか……。自分の未熟さを、まざまざと見せつけられたような気分だった。

「んー、失敗ねえ……。そんなことないと思うけどね。ほら」

六代目に促《うなが》されて見ると、雑踏のなか離れればなれになっていたキバさんとタマキさんが再会を果たしていた。キバさんが、必死になって謝り倒している。そんなキバさんの様子に苦笑するタマキさん。ふたりの間には、もはや先ほどまでのような険悪な雰囲気は微塵《みじん》もない。どうやら、無事仲直りができたようだ。

「おっ、ミライ！」

私の視線に気づいたキバさんが、タマキさんとともにやってくる。

「なんつーか、心配かけて悪かったな……。オレらこれから、温泉に入ってこようと思うんだ。もうどちらの湯が先かでケンカしなくてよくなったからよ」

恥ずかしそうに笑うキバさんが、少しだけ声のトーンを落とす。

「ありがとな。ミライ」

そう言って、白い歯を見せるキバさん。キバさんは、巨大な面の幻術が私の仕業《しわざ》だと気づいていたのだ。さすがに、母の教え子は騙《だま》せなかったか。

別れを告げ、連れだって歩いていくキバさんとタマキさんの背中を見送る。ふたりのあとを追って、赤丸をはじめとする犬たちと猫たちが、寄《よ》り添《そ》うように歩いていく。

もう、にらみ合っていた犬派と猫派の姿はない。

たとえお互い正反対のものが好きだったとしても、いつかはわかり合える日が来るのかもしれない。それはとても難しいことだが、きっと不可能なことではないだろう。

なにせ、性格がまるで正反対の六代目とガイさんだって、こうして仲良くいっしょに温泉旅行に来ているくらいなのだから……。

「彼こそが、『ねぬ様』の使いとしてやってこられた濃《こ》ゆい男だ！」

「おおっ！　像と像の間、ちょうど中間を見守る濃ゆい男！　焦げ目のついたイイ男！」

「今こそここに、濃ゆい男の像を建てましょうぞ！」

町人たちから歓声があがった。壁を壊した衝撃で目を回しているガイさんが、いつの間にやら町人たちに囲《かこ》まれ祭りあげられてしまっていた。

壁がなくなった犬の像と猫の像も、きっと新たな人気観光スポットとなるであろうことはもちろんなのだが、このままでは犬の像と猫の像の間に、壁の代わりに濃ゆい男の像が建つことになってしまう。なんとしても阻止《そし》、もとい、早く連れて帰らねば。

「行きましょうカカシさん」

六代目とともに、慌ててガイさんのもとへ向かう。

周囲はたくさんの観光客で賑《にぎ》わっている。比較的小さなこの町も、今日というこの日ばかりは、人であふれかえるのだからしかたがない。

「あっ」

そのとき、私は今の今までずっと忘れていた、あることを思い出す。そして思い出した瞬間、さーっと全身の血の気が引いていくのを感じていた。

「そういえば、今日の宿はどうしましょう……」

これだけの混雑具合だ。確認するまでもなく、当然空《あ》いている宿などあるはずもない。

本日の宿泊先の確保は、もはや絶望的であった。

「えっ、も、もしかして、野宿……？　ここまで来て？　そんなぁ……」

あまりのことに、頭を抱えてしまう。

濃い一日だった。朝からバタバタと動き回り疲弊《ひへい》したこの身体には、温泉とふかふかの布団《ふとん》が必要だ。だが、その願いはどうやら叶《かな》いそうもない。

私がうんざりとした顔を見せるも、いっしょに走る六代目は動じない。

「んー、野宿ねえ……。ま！　体力と精神力さえあれば、なんとかなるでしょ」

いつものようにゆるい雰囲気のまま、のんきにハハハなんて笑う始末。

「心頭を滅却《めっきゃく》すれば火もまた涼し！　必要なのは体力と精神力だあ！」

目を覚ましたのか、焦げ目のついたガイさんがそんなことを叫びはじめた。

いつの間にか、ふたりも犬派と猫派のようにわかり合っていた。しかし——

体力と精神力。

ずいぶんと既視感のある言葉だ。むしろ、既視感だらけの言葉だ。

あまりの既視感に苛《いら》つきさえ覚えてきた私は、そのまま力いっぱい叫んでいた。

「やっぱりどっちも必要じゃないですか！　もうっ！」

第三章 幽霊旅館

湯《ゆ》の国。

木ノ葉《こ　は》隠《がく》れの里がある火《ひ》の国と隣接している小国。

その名のとおり、至るところから温泉が湧《わ》き出《で》ている国。

主《おも》な産業は観光で、豊富な天然資源の恵みにより栄《さか》えてきた国。

湯隠《ゆ　がく》れの里という忍里《しのびざと》を有しているものの、平和主義を謳《うた》う国。

そして――

父を殺した男が、生まれ育った国。

「ハァ～、疲れた身体《からだ》に沁《し》みるなあ……」

雪のように真っ白なにごり湯に身を任《まか》せ、温泉特有の、あのなんとも言えない匂《にお》いを胸いっぱいに吸いこみながら、私はしみじみとつぶやいた。

包みこまれるような温かさに気がゆるんだのか、気がつけばこうして心の声が漏《も》れ出《で》てしまう。入って早々、身体だけでなく心まで丸裸《まるはだか》にしてしまう温泉の恐ろしさたるや、とても言葉では言い表せそうにない。

「アンタそれ、オッサンくさいって言われるわよ」

すると、すぐ後ろからそんな言葉が返ってくる。しかしその声の主《ぬし》もまた、ゆっくりと湯に身を沈めると、うなるように声をあげた。

「くぅ～、全身に沁みわたるわ～！」

似たようなことを、しかも私より大きな声で。私が無言のままじっと見つめていると、声の主――テンテンさんが、気まずそうな顔になる。

「アッハハハハ、やっぱり言っちゃうよねぇ」

でも、とテンテンさんが腕を伸ばす。

「この開放感には抗《あらが》えないってもんよ」

雲ひとつない青空の下、テンテンさんが苦笑する。つられて、私も微笑《ほほえ》んだ。やさしくなめらかな肌触《はだざわ》りの湯が、火照《ほて》った肩を冷《さ》ます外気が、髪を揺らすそよ風が、心地いい。

こうした開放感こそが、露天風呂の最大の魅力だ。

私とテンテンさんは、湯の国にある老舗《しにせ》旅館の露天風呂にいた。

まだ日が高いためか露天風呂には他に人もおらず、貸し切り状態だった。大自然の恵み──源泉かけ流しの湯をふたり占《じ》めしてしまうというのはなんとも贅沢《ぜいたく》な体験だ。

この老舗旅館がある湯治場《とうじば》には、乳白色のにごり湯だけでなく、他にも墨《すみ》のような黒い色をした湯や、赤茶けた土のような色をした湯、さらには青竹のように爽《さわ》やかな色をした湯など、見た目も泉質も違うさまざまな種類の温泉が湧いていた。

火の国にも似たような雰囲気の湯治場はあれど、ここは湯の国、別の国。

やはり異国だなあと実感するような馴染《なじ》みのない文化や風習が、国境付近からちらほらと、そして国境を越えてからは本格的に見受けられるようになっていた。

そのひとつが、『飲泉《いんせん》』と呼ばれる習慣だ。

湯の国では、人々が日常的に温泉を飲むらしい。

なのでここ湯の国では、どこの温泉地に行っても無料の『飲泉所』というものがあちこちに設《もう》けられているし、飲み物として調合された瓶詰《びんづ》めの温泉も売られているし、食事処《しょくじどころ》では温泉の湯で肉を茹《ゆ》でるといった料理が出てきたりするし、病院に行けば薬の代わりに「どこそこの温泉を一日にこれだけ飲んでください」などと言われるという。

ちなみに温泉ならばどれを飲んでも健康にいいというわけではなく、どうも飲める温泉と飲めない温泉があるようだ。ふつうに浸《つ》かるぶんには身体にいいのだが、直接飲んでしまったら成分が強すぎて逆に毒になってしまう温泉もあるらしい。

さらには飲める温泉でも飲みすぎれば当然害になる。薬と同じように、飲泉も用法用量を守らなければならないのだ。そしてそういった見極《みきわ》めをするのが、『温泉医』と呼ばれるあらゆる温泉の成分を知り尽《つ》くした、この国ならではの専門の医師であるという。

温泉によく含まれている成分のひとつである硫黄《いおう》には解毒《げどく》作用があると忍者学校《アカデミー》で習ったような覚えはあるが、こうして医学の世界にすら飲泉という文化が根づき、おまけに専門医までいるというのには驚きだ。もちろん病気にもよるのだろうが、医者が薬ではなく温泉で治療するとは、古くから日常的に温泉と接してきたこの国ならではの知恵だ。

温泉は浸かるものとしか思っていなかった自分にとって、これは新《あら》たな発見であった。同じものを見ていても、国が変われば視点も変わる。考え方も変わるのだ。

火の国でも温泉を飲むことはあるが、わざわざ温泉を飲みに行くというのは一般的ではないし、湯の国のようにあちこちに飲泉のための施設《しせつ》があるわけでもない。やはり火の国では飲泉はそこまでメジャーなものではないのだ。

当たり前のことだが、木ノ葉隠れの里から離れれば離れるほど、このようなまだ見ぬ世界が無数にあるのだと思うと、わくわくしてくる。こうして新たな風景、新たな視点、新たな考え方に出会ったとき、私は旅をしてよかったと心から思うのだ。

さて、そんな里から遠く離れたこの場所で、なぜテンテンさんと温泉に浸かっているのかといえば、そこには私のある勘違《かんちが》いが大きく関係していた。

国境周辺にある未開発地域の視察という任務に付き人として同行した私だったが、任務の日数である『二十日《はつか》』を『二日《ふつか》』だと勘違いしてしまっていたのだ。

そのため持っていた装備品の数が足《た》りず、急遽《きゅうきょ》木ノ葉から追加で荷物を送ってもらうことになった。そして木ノ葉からここまで、わざわざ荷物を運んできてくださったのがテンテンさんだったというわけだ。

テンテンさんといえば、忍具《にんぐ》の扱《あつか》いに長《た》けた専門家《スペシャリスト》で、おまけにスタイルもいいというまさにカッコイイくノ一の見本のような人だ。ガイさんの弟子《でし》だったそうだが、常《つね》に冷静な眼差《まなざ》しと佇《たたず》まいを見せるテンテンさんと、超が付くほど熱血でやかましいガイさんという師弟関係は奇妙な組み合わせに思える。六代目とガイさんもそうなのだが、一見すると合わなさそうなふたりが意外としっくりきているというのは不思議なものだ。

そんなテンテンさんに、私は改めてお礼を言う。

「テンテンさん、今日は本当にありがとうございました。私のミスのせいで、こんな遠いところまで……」

「もう、そんなにかしこまらなくてもいいってば。さっきも言ったけど、あたしは休暇の温泉巡《めぐ》りついでに立ち寄っただけ。むしろ、こうして堂々と温泉地に行ける口実ができてありがたく思っているくらいなんだから」

そう言って、テンテンさんが微笑んだ。

テンテンさんはちょうど今日から休暇なのだという。

休暇で里外へ旅行、宿泊する際には届けを出さなければならないのだが、テンテンさんはずいぶん前から次の休暇には温泉地に行きたいと申請《しんせい》していたらしい。

そんななか、偶然にも温泉地にいる私に誰かが荷物を届けなければならないという話が出たため、私に荷物を渡してそのまま休暇という条件のもと、温泉地行きを希望していたテンテンさんが指名されたというわけだ。

私の家で荷物を受け取って、二日ほどかけてここまで来たそうだが、国境を越えるまで二日でというと、かなりの駆け足で来てくれたことになる。温泉の湯が全身に沁みわたるのも納得《なっとく》の速さである。本当にテンテンさんには頭が上がらない。

「それで、母さん――あっ、母はなんと……？」

「『あの子、しっかりしているように見えて昔っからそそっかしいところあるから』って笑いながら言ってたけど？」

「うう……帰ったら怒られるんだろうなあ……」

がっくりと肩を落とす私を見て、テンテンさんがクスクスと笑う。

「まあ、大丈夫でしょ」

「そうだといいんですけど……」

そのままため息をつく私。正直、気が重い。

テンテンさんは、温泉地に来られて逆にありがたいだなんて言ってくれているが、私のミスで迷惑をかけたことは事実なわけで、しかもそのミスというのが、『二十日』と『二日』を間違えるという前代未聞《ぜんだいみもん》なものなのだ。

これを母がどう受け止めているかが問題だ。笑っていたとテンテンさんは言うが、それは人前だから笑顔で対応したのであって、実際に私が帰ったらどうなることか……。

ああ、怖《こわ》い。里に帰りたくない。このまま一生温泉に浸かっていたい。美肌《びはだ》にいいとされているこの湯に浸かっていたい。美白にもいいとされているから浸かっていたい。

怒った母は、それはそれは怖いのだ。温泉から出たくなくなるくらい怖いのだ。

「悪いことしたら幻術だからね！」というのが昔からの母の口癖だ。

それを聞くと、「幻術いやあああ！」と幼い頃の私は必ず泣きだしたものだ。

ただしこの頃は、怒った母の強い口調が怖くて泣いていたわけで、もちろん実際にかけられはしないのだ。というか、ふつうに考えてかけるはずがないのだが、よくそうやって叱《しか》られたものだ。家庭によっては「悪いことしたらオバケがでるからね」みたいなことを言うようだが、あいにく私は昔からオバケとかそういう類《たぐい》のものは信じていなかったし、まるで怖がらなかったので、母としても苦肉の策で代わりにそのようなことを言うようになってしまったのだろうと思われる。

ちなみにその後、忍者学校《アカデミー》に入った私が、軽い気持ちで幻術の勉強のために実演してみてほしいなどと母に頼んだことがあった。

「いいわよー」だなんて母も軽い調子で快諾《かいだく》してくれた。

ただ、子供のときだったためか、肝心《かんじん》の幻術の詳《くわ》しい中身はあまり覚えていない。

無理に思い出そうとすると、なぜかわからないが全身が小刻《こきざ》みに震えてきて激しく発汗し、呼吸が荒くなりそのうち口から泡が吹き出てくるようになるのでやめておく。

……話が逸《そ》れてしまったが、とにもかくにも母さんは怒らせないほうがいいのだ。

「いや、ほんと怒ってなかったから！　大丈夫だから！」

よほど私が深刻な顔をしていたのだろう、テンテンさんに励《はげ》まされる。

「それにさっきから言ってるけど、こっちはむしろ逆に感謝しているくらいなんだから」

そう言うと、テンテンさんは白煙とともにどこからともなくクナイを取り出した。さすがは忍具使いだ。そういえば、テンテンさんは時空間忍術にも秀《ひい》でていた。

「ね、ほら見てこれ」

「なんですか？」

テンテンさんが手にしていたのは、よく見かける平凡なクナイだった。しかしテンテンさんは、自信満々といった面持《おもも》ちでクナイをかざしてみせた。

「これ、私が手がけた温泉用クナイ。今度うちの店に置こうかなって思ってるの」

忍具使いであるテンテンさんは当然忍具が大好きで、趣味で世界中のあらゆる忍具を集めているほどだ。さらにはその趣味が高じて本格的に忍具店まで開いてしまったのだが、平和なご時世に忍具が飛ぶように売れるはずもなく、いつも暇なのだそうだ。

「見た目はどこからどう見てもふつうのクナイ……。しかしその実体は、温泉で使っても決して錆《さ》びることのない驚異のクナイ！　どう、これ？　売れそうじゃない？」

ふふんと、クナイを片手に誇《ほこ》らしげな様子《ようす》のテンテンさん。

テンテンさんは、自《みずか》らが開発したこのクナイを、実際に温泉で試したかったらしい。だから温泉地での休暇を希望していたのだ。

しかし私には、テンテンさんが言っていることの意味がよく理解できないでいた。

「えっと、温泉で使うというのはいったい……？」

テンテンさんのことだ。きっとなにか深い意味があるのだろうが、私にはどうも温泉でクナイを使うという状況がいまいちピンとこない。

「だからね、このクナイならこうして温泉に入浴中でも安心して持っていられるわけよ」

なんてったって錆びないんだから！　と、胸を張って答えるテンテンさん。

「でも、ふつう温泉に入浴しながら戦ったりとかしなくないですか？」

と、誰もがすぐに思いつくであろう至極《しごく》真っ当な疑問をぶつけてみる。おそらくここから、テンテンさんによる温泉用クナイの深い意味が語られるのだろう。

ところが——

「うん、そういえば、そうだよね……」

テンテンさんが、途端《とたん》に暗い顔になる。

「あたし、なんでこんなのつくったんだろ……」

そう言って、真っ白なにごり湯を呆然《ぼうぜん》と見つめはじめた。深い理由などなかった。ただ暇すぎたのだ。店が暇すぎて、謎の情熱を発揮してしまったのだ。

人はそれを、迷走と呼ぶ。

「あ、でもっ！」

しかし、すぐにテンテンさんの顔が、ぱっと明るくなった。

「温泉でこうしてクナイを持っていたら、ものすごくセクシーに見えるんじゃない？」

深いどころか、ものすごく浅いことを言いだした。

「ちょっと、よくわからないですけど……」

「えー、男目線で見たらきっとセクシーに映ると思うんだけどなあ……」

「男じゃないんで、よくわからないというか……」

というか、嬉々《きき》としながら語るテンテンさんには本当に申《もう》し訳《わけ》ないのだが、温泉で全裸《ぜんら》でクナイを持っている姿というのは、なにか滑稽《こっけい》なものにしか見えない。

「やっぱりだめかぁ……」

私の反応が微妙だったからだろう、テンテンさんが再《ふたた》び落ちこみだす。

これでは先ほどとまるっきり立場が逆ではないか。

——まいったな……。

このままだと、ただでさえお客が来なくて暇で暇でしょうがないというテンテンさんの忍具店が潰《つぶ》れてしまう。なんとかしないと。

私は、テンテンさんのクナイを見つめ必死に考えた。そして、ある妙案を思いつく。

「そうだ！　テンテンさん、『温泉用クナイ』ではなく、『どんな過酷《かこく》な環境でも決して錆びないクナイ』として売り出したらどうです？」

「見た目ごついけど、そういうクナイはふつうにもうあるのよね……。そしてこれはどう足掻《あが》いても温泉用。温泉以外の過酷な環境だとすぐに錆びるから……」

テンテンさんが、深いため息をついて余計に落ちこんでしまう。どうしよう。本格的になんの使い道も思いつかない。なんでそんなものを開発してしまったのだろう。

なんと言葉をかけたらいいのか迷ってしまう。もし忍具店が潰れてしまったら、テンテンさんが自宅で大量の在庫を抱《かか》えたまま暮らすことになってしまう。今とほとんど変わらないような気もするが、さらに多くの忍具に囲《かこ》まれて生活することになってしまう。

するとテンテンさんが、虚空《こくう》を見つめたままつぶやきだした。

「やっぱりミライちゃんじゃなくて六代目やガイ先生に訊《き》くべきよね……。温泉でクナイはセクシーですかって訊くべきよね……」

「やめてください！　ふたりが困惑《こんわく》します！」

すかさず私がそう言うと、テンテンさんが吹き出した。

「ぷっ、くくっ……アッハハハハハ！」

突然笑いだしたテンテンさんに、私のほうが困惑してしまう。

「ど、どうしたんですか⁉」

「アハハハ、だって、ツッコミ早いんだもん。それに、六代目とガイ先生の困惑した顔を思い浮かべたらもうっ、ふふっ、それをそんなに真顔《まがお》で言われると、もうおかしくって」

腹を抱えるようにして、あたりに軽快な笑い声を響《ひび》かせるテンテンさん。つい今しがたまで、使い道のわからないクナイ片手にあれほど落ちこんでいたのが嘘《うそ》のようだ。

「あー……でも、よかった」

しばらくしてひと息つくと、テンテンさんが指で涙をぬぐいながらそう言った。

「実は、ちょっと心配していたのよね」

「心配？　温泉用クナイのですか？」

「それはもういいの！　もともと趣味でつくったようなもんだし、こうして実際、現地で試すこともできたわけだし、もうそれで充分、満足かなって」

そうじゃなくて、とテンテンさんが続ける。

「ミライちゃんがガイ先生とうまくやれているようで、安心だなって。ほら、ガイ先生ってけっこう暑苦しいところあるでしょ。お互い合わないいんじゃないかって思ってたから、ミライちゃんがガイ先生の性格をきちんと把握《はあく》していて、その反応をちゃんと言い当ててくれていたから、それがもう嬉《うれ》しいやらおかしいやらで……」

そう言うと、テンテンさんがまた笑いはじめた。

テンテンさんは、この旅館に来るまでの道中、私とガイさんがうまくやれていなかったらどうしようと、ずっと不安に思っていたらしい。確かに、ガイさんのノリや性格についていけない女の子は多いだろうし、そうでなくとも、ただでさえ歳《とし》が離れているのだ。かつての教え子として、テンテンさんが心配するのも無理はない。

しかし、ノリについていけているかどうかはともかくとして、私がガイさんとそれなりにうまくやれているとわかったことで、安堵感《あんどかん》からついつい大笑いしてしまったというわけだ。

腕を組み「いや〜、ガイ先生が嫌われていなくてよかったわ」なんて言いながらしきりに頷《うなず》いているテンテンさん。なんだかんだ言いつつも、テンテンさんがいかにガイさんのことを慕《した》っているかがよくわかって、なんだか私まで笑顔になってしまう。

「それで、ガイ先生はどう？　あの人、ノリだけで会話することが多いから、とにかく素《す》早《ばや》くツッコミを入れていかないと、そのうちこっちの身がもたなくなっちゃうでしょ？」

テンテンさんが、目を輝かせながらそんなことを言いはじめる。忍具の話をしていると
きと同じか、それ以上の輝かせっぷりだ。ガイさんの話をしたくてしょうがないらしい。
その気持ちは、ものすごくよく理解できた。テンテンさんほどの付き合いではないが、
しばらくいっしょに旅をしただけで、ガイさんについて言いたいことが山ほどあった。
誰かこのことを理解できる人と話したい。分かち合いたい。
そう思わせるなにかが、ガイさんにはあった。幼い頃から弟子として身近にいて、いっ
しょに任務や修業をしてきたテンテンさんならばなおさらだろう。
というか、自分ひとりでは、もはやツッコミきれない。頼むから誰か助けてほしい。あ
まりにも濃《こ》すぎて、とてもひとりでは相手にしていられない。ツッコミが追いつかない。
そんな感じだ。
その後、私とテンテンさんはガイさんの話で大いに盛り上がった。

「――そしたらですよ、気づいたらいきなり飛んでたんです。それで『この化け物め！』

ってな感じで私の幻術に飛びかかってきたんですよ！」

脱衣所で瓶《びん》牛乳をあおりながら、私はまくしたてるようにそう言った。

このままだとのぼせあがって茹でダコのようになってしまうのではというくらいに、露

天風呂でのガイさん談義は長く続いた。ふたりしてフラフラになって脱衣所に帰ってきてもなお、こうして話が続いていた。

「あーわかるわー。その光景がありありと目に浮かぶようだわー」

上気した顔を両手でパタパタと扇《あお》ぎながら、テンテンさんがしみじみとつぶやく。ちなみにテンテンさんは、瓶牛乳を購入《こうにゅう》した直後に、豪快に飲《の》み干《ほ》していた。

「あの人、いっつもよ？　いっつもそうやって後先考えずに飛びこんでいくんだから」

「それでもう、予想外の展開に私も動揺しまくりですよ。思わず『やめてえええ！』って叫んだら幻術解《と》けちゃって、正直ショックでしたよ。まさかそんなので幻術解かれるとは思ってなかったんで。生まれて初めてですよホント」

そのまま、私も瓶の残りを一気に飲み干す。火照った身体に、冷えた牛乳が心地いい。

「しかしなんなんですかね、あの異常なまでの勇敢さ。すごいですよね」

現役《げんえき》の忍《しのび》ではないのに、「生きることとは学ぶこと。修業に終わりなどない！」と、今でも身体を鍛《きた》え続けているガイさんのことを思うと、もはや畏敬《いけい》の念すらわいてくる。

背中で語るというやつだろうか、前を行く者として、かつての教え子たちに恥ずかしい姿は見せられないという男の矜持《きょうじ》めいたものが、そこにはあるのだろう。

しかし、意外なことにテンテンさんの見解は少し違っていた。

「うーん……勇敢ですごいっていうのは、まあ、そのとおりなんだけど……」

内緒話《ないしょばなし》でもするかのように、テンテンさんが声をひそめる。

「あたしね、ガイ先生って、ほんとはすごい怖がりなんじゃないかなって思ってんのよ」

「ええっ⁉　ありえないですよ！」

「長年いっしょにいて、あたしが勝手にそう思ったたっていうだけの話なんだけど、もちろん根っからの小心者っていうことではないわよ？　見てのとおり、ものすごい勇気のある人だと思うし。でも、どこかビビリなところもあるのかなって」

他に人のいない静かな脱衣所で、テンテンさんの話は続く。

「ガイ先生って、いつもうるさいくらい明るくて、必要以上に暑苦しくて、なにかあったときには率先《そっせん》して自分から飛びこんでいくじゃない？　子供の時には『こういう人なんだ』くらいの認識だったんだけど、大人《おとな》になって、自分が当時のガイ先生と同じ年齢になったあたりくらいからかな、なんとなくそう思うようになったわけよ」

「ほんとは怖がりなんじゃないかと？」

私の問いに、テンテンさんが頷いた。

ちなみに『当時のガイ先生』というと、テンテンさんが子供の頃、忍者学校《アカデミー》を卒業してガイさんの班《はん》に配属されたあたりの話だから、おそらくはガイさんがまだ二十代後半くらいのときということになるはずだ。

二十代のガイさん……。あまりうまく想像できない。

若者らしく、長髪とかにしてイケイケな格好《かっこう》をしていたりしたのだろうか？

私の想像力が限界を迎えつつあるなか、テンテンさんが再び口を開いた。

「なにかあった時にも、いつも笑顔とナイスガイなポーズを見せてあたしたちを勇気づけてくれていたガイ先生だけど、きっとガイ先生も本当は怖かったんだろうなって。まあ、そこは人間だから、いやだなあと思うことや、本当ならやりたくないことだってもちろんあったのだろうけど、それでも先生としてあたしたちを不安な気持ちにさせないように、わざと大きな声を出したりなんかして、怖くてもつらくても苦しくても、そんな様子は微《み》塵《じん》も見せないで前へ前へと進んでいたんだなって、ふと思ったの」

そう言うと、テンテンさんは静かに微笑んだ。

なるほどなあと思わせる話だ。確かに、そのとおりかもしれない。

先生は、最初から先生だったわけではないのだ。

これはガイさんだけでなく、すべての人に言えることだ。

きっと、最初から勇気のある人なんていないのだろう。自分のために、あるいは誰かのために勇気を出して、初めて勇気のある人になるのだ。

少なくとも、ガイさんはずっとそうしてきたのだろう。

「……でも、それならやっぱり、すごい人じゃないですか」

私がなにげなく発したこのひと言に、テンテンさんの顔がほころんだ。

「そう。ガイ先生は、すんごいのよ。ありえないくらいすごいんだから！」

嬉しそうに笑うテンテンさん。先ほどの露天風呂でも、この顔を見たなと、ふと思う。

ガイさんの話をするとき、テンテンさんはこうしていつも、嬉しそうに笑う。

「ただね、当時のガイ先生と同じ年齢になった時に、なんか自分は昔のガイ先生と比《くら》べてだいぶ子供っぽいような気がするなんてことも思ったかな。今でもまだ子供っぽいかも」

そう言って苦笑するテンテンさんだが、私にはまだその感覚はよくわからない。

この先、私が今のテンテンさんと同じ年齢になった時、果たして自分のことをどう思うのだろうか。今のテンテンさんのほうが大人っぽかったと思うだろうか。それとも――

「あ、でも、ガイ先生が幽霊とか苦手《にがて》そうっていうのは、ふつうに思うかなあ」

「それは本当に、ただのビビリっていう話じゃないですか……」

なんとなくいい感じの話と雰囲気だったのが一瞬にして台無しになった。

「いや、ほんと。あの人リアクション大きいでしょ？　そういう人に限って、他の人ならちょっと驚くだけのような場面でも、大騒ぎするみたいな感じしない？　なんというか、ビビリというか、もともとの性格的な話としても」

「まあ、そりゃあ確かにそんなような気もしますけど……」

「あと、『幽霊には体術が効《き》かないから無理だ』とか言いそうじゃない？」

「あ、それはすごい言いそうですね」

殴《なぐ》れるのであれば恐れる理由はない。しかし殴れないのであればやりようがない。だから恐怖を感じる。

これはなんとなく、ガイさんっぽい考え方かもしれない。

というか、今気づいたのだが、いっしょに旅してまだ日も浅いというのに、すでに自分の中でガイさん的な思考が形成されつつある。こっちのほうが幽霊よりもよっぽど怖い。

――この状態が長く続くと、きっとリーさんのようになるのだろう……。

そんなことを、しみじみと思う。

この無駄《むだ》に濃い影響力。やはりガイさんはすごい人だ。

手裏剣柄《しゆりけんがら》のかわいい浴衣《ゆかた》を着て、テンテンさんとともに脱衣所を出たところで、同じく手裏剣柄の浴衣を着た六代目の後ろ姿を見かけた。なにやら電話をしているようだ。

「なんだろ？」

テンテンさんが小首を傾《かし》げるが、ぼそぼそとしゃべっているためか声は聞き取れない。

「あっ、あっちにはガイ先生が」

テンテンさんがガイさんを見つけた。部屋にいると思ったのだが、所在なさげな様子でウロウロとしている。なにをしているのだろうか。テンテンさんがガイさんのもとに向かう。六代目の電話が終わりそうにないので、私もひとまずテンテンさんのあとに続いた。

「ガイ先生、なにしてんですか？」

「お、おおっ、テンテンか」

なにをするでもなく土産物《みやげもの》屋の前を行ったり来たりしていたガイさんだったが、声をかけられた途端、パッと顔が明るくなる。

「せっかくの旅館なんだから、部屋でくつろいでてくださいよー」

しかしテンテンさんにそう言われると、なぜだかガイさんがそわそわとしはじめた。

「いや、まあなんだ、どうせならちょっと飲泉所にでも行こうかなと思ってな」

豪快に笑いながらそんなことを言いだすガイさん。だが、なにか様子がおかしい。いつもとは違うような気がする。ただ、それよりも――

「飲泉所って、さっきも行ったじゃないですか。ダメですよ。一日一杯までです」

いきなり飲泉所に行こうと思っていただなんて言いだしたガイさんに注意する。旅館に来る前に、すでに私たちは飲泉所で温泉を飲んでいた。飲泉も度がすぎれば逆効果になるのだ。一日一杯しか飲んではいけないと、ちゃんと注意書きにもあった。

「あ、ああ、そうだったそうだった。いやあ、なにか暇でなあ」

「暇を理由に用法用量を無視しないでくださいよ……」

呆《あき》れ返《かえ》る私だったが、テンテンさんはどうやら思うところがあったらしい。いたずらっ子のように、にんまりとした笑《え》みを浮かべるとこんなことを言いだした。

「あっれー、ガイ先生。もしかして、ひとりで部屋で待っているのが怖くなっちゃったとかですか？　この旅館、相当歴史ありますもんねえ。なにか出たら怖いですもんね」

まるで幼い子を微笑ましく見守っているかのような口ぶりだった。

「馬鹿言うな。『なにか』ってなんだ。まったく、子供じゃあるまいし」

むっとした表情になるガイさん。もっともな反応だ。

ただ、この旅館は老舗と言われているだけあってかなり歴史があり、建物も古い。

受付や大浴場など、ところどころ改修されている場所はあれど、六代目とガイさんの部屋は、廊下の奥のそのまたさらに奥、離れにある古い造《つく》りの客室であった。

他の客も寄りつかず、従業員ですら滅多《めった》に来ない物静かな離れにひとりでいたら、確かに幽霊うんぬんは抜きにしても、心細い気持ちにはなってくるかもしれない。

実際、六代目が電話でいなくなり、ガイさんはしばらくの間ひとりぽつんと離れにいたのだろう。その静寂《せいじゃく》に耐《た》えきれなくなり部屋から飛び出してきたというわけだ。

――意外とさみしがり屋なのかもしれない……。

ガイさんを見つめ、なにとはなしにそう思う。

同時に、ひとりで静かにしているのが苦手というところもガイさんらしいと思う。

ちなみにその離れの客室なのだが、あえてそういう部屋を選んでいた。私が旅館側に頼んで、周囲に人がいない離れの一室を割り当ててもらっていたのだ。

付き人として宿の手配をし、護衛として部屋の確認を行うのは当然のこと。

なにも、ただただのんびりと、テンテンさんと温泉に浸かっていたわけではないのだ。

泊まる部屋は、護衛のしやすいように。これは基本中の基本だ。

周囲に団体客が泊まっているような部屋はもってのほかだし、部屋の前の廊下を不特定多数の人がウロウロするようでも困るのだ。

そして部屋の中も、もちろん先に確認している。

窓の外はどうなっているか。備《そな》え付《つ》けの家具や備品に不審《ふしん》な点はないか。天井裏に曲者《くせもの》が潜《ひそ》んでいないか。かわいい柄の浴衣はあるのかどうか……。

このように、ありとあらゆる点をチェックするのだ。

従業員や他の宿泊客の顔と数も、それとなく確認して記憶しておくことが必要だ。見知らぬ顔が増《ふ》えていたら警戒しなければならない。

さらには、入浴の時間もずらさなければならない。

入浴中や就寝《しゅうしん》中は不意を衝《つ》かれやすい。特に警戒すべき時間となる。なので当然のことながら、護衛対象と同じ時間にのんきに入浴しているわけにはいかない。

それに、もしも同じ時間に入浴していて護衛対象になにかあったときには、なんの装備も持たずに一糸《いっし》まとわぬ姿で駆けつける羽目《はめ》になってしまう。それこそ、テンテンさん考案の温泉用クナイが必要になってしまう。基本的にありえない事態だ。

この日は、六代目の「オレがガイを見ているから、先に行ってきていいよ」というお言葉に甘えさせてもらい先に入浴していたわけだが、これは破格の扱《あつか》いといえる。

通常の任務では入浴時間をずらすどころか、そもそも入浴できないことも多い。汗まみれ泥まみれで任務を終え、里に帰ってきてようやく風呂に入れるのだ。

それとくらべると、任務地に温泉があり、しかも入浴できるという条件は夢のようだ。

仮に、出発前にこの条件を聞かされていたのだとしたら、これはなにか裏がある、むしろ悪夢に変わるパターンなのではと危惧《きぐ》して引き受けるのを躊躇《ちゅうちょ》していたことだろう。

ほぼ休暇というゆるい任務内容に、指揮を執《と》るのもこれまたゆるい六代目であるという奇跡の組み合わせが、こうしてのんびりと温泉に浸かっていられるという、ふつうではまず考えられない好待遇《こうたいぐう》をもたらしてくれていた。

私は、電話をしている六代目の背中に向かって感謝する。

六代目のおかげで、今日も温泉に入れました。温かい布団《ふとん》で眠れます。もう野宿は嫌《いや》です。ありがとうございます。ありがとうございます……。

「えっ、なに……？」

目を閉じて手を合わせていると、いつの間《ま》にか電話を終えた六代目がそばに来ていた。目の前で拝《おが》まれ戸惑《とまど》う六代目に、私は改めて深く感謝する。

「ありがとうございます」

「ん。えっ？　どういうこと……？」

「温泉に入れました」

「ああ、うん。……えっ？」

首をひねる六代目に、私は気になっていたことを訊《たず》ねてみた。

「あの、電話……どなたでしょうか？　定時連絡なら、私があとで……」

「ああ、ナルトからちょっとな」

「七代目から!?　もしや、なにか非常事態……!?」

まさか七代目と電話していたとは思いもしなかったため、驚きのあまり声をあげてしまう。慌《あわ》てて口をつぐみ、周囲を確認する。特に目立ってはいないようだ。

そのまま、声をひそめて話を続ける。

「帰ることになりそうですか？」

七代目との電話ということは、よほどのなにかが起きたということなのだろうか。場合によっては、今すぐにでも里に引き返さなければならない。

しかし六代目の表情は、普段と変わらない。

「いや、特にそういうのではないな。ちょっとした確認ってだけの電話だったからね。それにもし仮になにかあったとしても、必要以上に心配することはないよ。なんてったってオレの教え子たちは、みんな頼りになるからね」

笑顔のまま、六代目が答えた。ちょっとした確認――この様子を見る限り、先代火影《ほかげ》が帰らなければならないような事態ではないということか。安心した。そして安心ついでに、少し恥ずかしいのだが、もうひとつ訊いておきたいことがあった。

思わず視線が泳いでしまう。六代目の顔をまともに見ることができない。

「あ、あの、ところで、七代目はなにか私について、その、激励《げきれい》の言葉的なものは……」

「ん？　特にこっちの話はしてなかったな。ま！　それだけ信頼されてるってことかな」

ハハハッと笑う六代目。そんな六代目の様子を見て、テンテンさんがため息をついた。

「あ……そうですか……」

少しだけ期待したものの、ばっさりと話が終わってしまった。

「さて、ふたりが出てきたことだし、オレたちも風呂に行こうか」

そう言って、ガイさんの車イスを押しはじめる六代目。

「カカシ、風呂の前に卓球でもしないか？　そのためにオレはここに来たんだ！」

素振《すぶ》りの真似《まね》をしながら、ガイさんがそんなことを言いだす。飲泉所に行こうと思っていたという話はなんだったのか。遊技場に向かうふたりを、じっと見送る。

すると不意に——

「ねえ、あたしおもしろいこと思いついたんだけど……」

テンテンさんから、そう耳打ちされた。ひそひそ話で、耳がこそばゆい。

「このあと……出てきたところを……あたしが……。どう？　おもしろそうでしょ？」

私にある提案をして、無邪気《むじゃき》な笑みを浮かべるテンテンさん。

「でも、わざわざそんな幽霊の——」

「しーっ」

と、テンテンさんが唇《くちびる》の前に人差し指を立てる。

無論、六代目とガイさんに聞かれないようにだ。テンテンさんはこのあと、温泉から出てきたガイさんにドッキリを仕掛けたいのだという。

「じゃあ用意してくるから、卓球でもなんでもして時間稼《じかんかせ》ぎお願いね」

「あっ、ちょっと……」

「ミライ、すまんが審判をやってくれないか？」

「あっ、はい！」

ガイさんの呼びかけに気を取られている間に、テンテンさんがさっさといなくなってしまう。ドッキリに使う衣装を調達しに行ったのだ。

——変装するまでもなく、消えることに関してはすでに幽霊並だ……。

気がつくと消えていたテンテンさんに、そんなことを思う。

そう、テンテンさんは幽霊の格好をしてガイさんを驚かせてみたいというのだ。

子供じゃあるまいしと思ったが、言いたいことだけ言ってすぐにいなくなってしまったのだからどうしようもない。おまけにあんなに無邪気な顔で楽しそうに……。

——ガイさんの教え子は、なんでこういう感じなのだろう……。

リーさんもそうなのだが、なにか妙な情熱があるというか、どう表現したらいいのかわからないが、とにもかくにもなんでこうなるのだろうか。

――濃いなあ……。ガイ班……。

ぼんやりとそんなことを考える。

そして改めて、まだ二十代だったガイさんの姿を想像してみる。イケイケの長髪などではなく、おそらく――いや確実に、今とまったく同じ髪型をしていたに違いない。

ガイさんとは、そういう人だ。

「カカシ、遠慮は無用だぞ！」

遊技場に、ガイさんの声が響きわたる。私たち以外の人はおらず、がらんとした印象の遊技場には、卓球台の他にビリヤード台が置いてあるだけであった。

ラケット片手に、卓球台を挟《はさ》んで向かい合う六代目とガイさん。

私は、近くにあった生地《きじ》が破けたイスに腰を下ろした。温泉前のひと汗ということで卓球対決をすることになったふたりの審判として、だ。

ガイさんが、大気を切り裂くように素振りをする。

「ふんっ、ふんっ、いい調子だ！　いつでもいいぞ！　今日こそオレが――」

すると――

カンッ！

ガイさんのコートで、小気味よい音を立てながらピンポン球《だま》が跳《は》ねた。そのまま、ピンポン球は床に落ちる。打ったのはもちろん、六代目だ。

「あ、一点です」

転がるピンポン球を追いかけながらそう告《つ》げると、ガイさんが叫んだ。

「おのれ、素振りの最中を狙《ねら》うとは卑怯《ひきょう》な！」

「いや、いつでもいいって……」

「ええいっ、勝負はここからだ！」

相変《あいか》わらず騒がしいガイさん。このガイさんが、子供騙《こどもだま》しのような幽霊ドッキリで、果たして驚くのだろうか。驚くというよりも、ふつうに怒られるのではないだろうか。

——共犯扱いでいっしょに怒られたら嫌だなあ……。

そんなことを考えているうちに、試合は進んでいく。

ピンポン球が跳ねる小気味よい音に、ガイさんの「ぬわー」だとか、「さあー」だとかいう声が混《ま》じっていく。いよいよ本格的にラリーがはじまった。

目の前を素早く飛《と》び交《か》うピンポン球。

両者とも一歩も引かず、激しい技《わざ》の応酬《おうしゅう》が続いていた。お互い、点数が入らない。

テンテンさんから、幽霊ドッキリの準備ができるまで時間を稼いでくれと頼まれたが、このぶんだとわざわざ意識して稼ぐ必要もなさそうだ。

——幽霊か……。

拮抗《きっこう》する試合をぼんやりと眺めているうちに、ふとあることを思い出す。


幽霊って、いると思います？


中忍《ちゅうにん》試験に受かったときに、そんな質問をしたことがあった。

父の墓前に手を合わせ、合格の報告をしていたときの話だ。なにかを深く考えていたというわけではなく、ほとんど無意識のうちに口から出た言葉だった。

「どうだかな」

私の問いに、背後から答えが返ってくる。

「オレ自身、実際に死にかけたことはあるっちゃあるんだが、さすがに幽霊にまでなったことはねーからな。いるかもしれないし、いないかもしれない。だいたい幽霊ってのは、昔からそういうもんだろ？」

苦笑まじりに、『死にかけた』だなんて話がふつうに出てきた。それも、まるで何事もなかったかのようなあっさりとした口ぶりで。

それは、戦争を知らない私の世代では、まずありえない感覚。物語の中のような、遠い世界でしか聞くことのない響きの言葉だ。

「……でも、私は、やっぱりいないと思います」

微笑みながら、振り返る。

「幽霊がいるのなら、一度くらい父さんが会いに来てくれてもいいはずじゃないですか」

それは、物心《ものごころ》ついた頃から思っていたことだった。

もしも幽霊がいるのならば、父は今どこでなにをしているのか。

なぜ、私や母に会いに来てくれないのか。

会いに来られない理由でもあるのか。

いいや、そうじゃない。

そもそも幽霊など、存在しないのだ。

単純な話だ。人は死んだらおしまいなのだ。だから、父は来ない。

どんなに待っても、どんなに望んだとしても、決して来ない。来ることはないのだ。

幽霊話で盛り上がっている同級生を冷めた目で見つめながら、私はいつもそんなことを考えていた。いるはずがないものに「わーわー、キャーキャー」言ってバカみたいだ。

「目には見えないだけで、案外、会いに来てたりしてな」

それが気休めの言葉だということくらい、私にもわかった。しかし、私は――

「見えなきゃ意味がないんです……」

せめてひと目だけでもと思ってしまう。特に今日のような、なにかを成《な》した日には。

「中忍になれたよって、直接言いたかったなあ……」

そして、ひと言でいいから褒《ほ》めてもらいたかった。

幼い頃から何度も来ている墓前だったが、ここまで感傷的になったことはなかった。

「すいません……。今日の自分は、ちょっとどうかしてますよね……」

照れ笑いを浮かべていると、不意にあるものを差し出された。

「これは……!?」

それは、拳《こぶし》にはめて使うメリケンサックと一体型のチャクラ刀《とう》。使用者のチャクラに呼応する稀少《きしょう》な金属でつくられた特注品だ。

「先生の……」

「そうだ。そして、お前の父親のものでもある」

そう言って、先生が無言で頷く。受け取れと言っているのだ。

「幽霊がいるのかどうかはわからねーが、オレは、魂《たましい》は不滅だと思ってる……」

受け取ったチャクラ刀を拳に装着し、ぐっと握《にぎ》りしめてみる。鈍《にぶ》く輝く武骨《ぶこつ》な忍具だ。

知らない人から見ればただの変わった武器なのだろうが、私にとっては違う。
これは父の形見《かたみ》であり、先生が受《う》け継《つ》いだもの。意味のあるものだ。
魂は不滅と、先生は言った。
父の教え子であった少年がやがて大人になって、私の先生となった。
父に鍛えられた先生が、今度は私を鍛えてくれた。
そして――
この手の中には今、そんな先生が受け継いだ父の生《い》き様《ざま》が握られている。
思えば先生は、ずっとずっと父の代わりに私を見守ってくれていたのだ。
そう考えると、幽霊なんていなくても、なおさらどうということはないように思えた。
それよりももっと、父の息づかいを、魂を、より身近に感じられているからだ。
「ずっとこの日を夢見ていた……。やっと、お前にこれを渡すことができた……」
先生が、静かに微笑んだ。
「よくがんばったなミライ。合格おめでとう」
もしも父がこの場にいたとしたら、きっと同じことを言ってくれたに違いない。
合格祝いであるチャクラ刀を、ぎゅっと握りしめる。
「……はい」

声が掠《かす》れた。そのまま、私は先生に背を向けた。

「背中、見ていてください……」

掠れ声のまま、そうつぶやく。

たとえ嬉し涙とはいえ、師に泣いている姿は見せたくなかった。もう、いつまでも心配をかけて、守ってもらってばかりの私ではないのだ。これから先は――

「先生が安心して見ていられるような、立派な忍に、なってみせます……！」

どうか、受け継いだ意志を手に、前へと進んでいく私の背中を見ていてほしい。

それが、先生にできるせめてもの恩返しなのだと、私はそう信じている……。


パチンッと、ピンポン球がネットに当たった。その音で、はっと我に返る。

そして我に返った途端、かーっと頬《ほお》が熱くなってきた。

――なんか、けっこう恥ずかしいことを言ったような気がする……。

なんだかむず痒《がゆ》い気分だ。今になって急に、中忍になった日のことを思い出すとは。

「ハァ、ハァ……。よしっ、今日は……もう、やめにしよう……」

汗だくでフラフラ状態のガイさんが、喉《のど》から絞《しぼ》り出《だ》すようにそう言った。

「ミライ、どっちが、勝った……？」

ぜぇーぜぇーと息を切らすガイさんに見つめられるも、私の視線は虚空をさまよった。

「あ……えっとぉ……す、すみません……。ぼーっとしてました……」

「なにいいいいいっ!?」

叫んで、そのままがっくりと肩を落とすガイさん。ぼんやりと昔を思い出していたため あまりよく見ていなかったが、おそらく相当な死闘だったのだろう。点数がわからないと 言われたことで、一気に脱力してしまったようだ。

「どっちだ……いったいどっちが勝ったんだ……？」

もはや声にもいつもの元気がないガイさん。申し訳ないことをしてしまった。

しかし、六代目はさすがにぬかりなく、冷静だった。

「一応、一点差でオレの勝ちかな」

そう言って、にこりと微笑む。自ら点数を数えていたのだ。

「まあいい。今日のところは引き分けにしておこう……」

がっかりとした様子で、ガイさんがつぶやく。

「いや、一点差でオレが……」

「カカシ、風呂へ行くぞ……」

そう言って、ガイさんがすごすごと大浴場に向かっていく。

「ガイ、一応オレが……」

「ぬう、引き分けかぁ……！　くぅ～、惜《お》しかった……！」

「……もしかして、わざとやってない？」

「……引き分けだッ！」

やたらと引き分けを強調するガイさんのあとを追って、六代目も大浴場へと向かう。

「それじゃあ、ちょっと行ってくる」

振り返った六代目にそう言われて、私は黙って頷いた。ふたりが出てくるまで、大浴場前のイスにでも座って待っていることにしよう。

ふたりを見送って、私も遊技場から出ようとしたその瞬間――

ポンと、肩を叩《たた》かれた。

六代目とガイさんが去った今、他に誰もいないはずの遊技場でだ。

なにげなく振り返ると、目の前に真っ白い服を着た血まみれの女性が立っていた。

「あ、用意できたんですね」

私は、その姿を見てほっと胸をなで下ろした。

「間に合ってよかったです。ちょうど今、温泉に行ったところなんですよ」

安堵の笑みを浮かべる私とは裏腹に、目の前の女性の顔が険《けわ》しいものとなる。

「ちょっと、なにそれ!?　なんで驚かないの!?」

「いやだって、幽霊の衣装を調達してくるって言ってたじゃないですか」

「だからって、いきなり後ろに立ってたら驚くでしょふつう!?」

血まみれの女性——血糊《ちのり》でメイクしたテンテンさんのほうが、驚きの声をあげる。

「そんなふつうじゃないみたいに言われても……」

これはさすがに心外だった。私としては、むしろ幽霊の格好をして逆に驚いているテンテンさんに驚いているくらいだというのに……。

誤解されるのは嫌だったので、決して反応が薄いわけではないことを伝えておく。

「私だって、テンテンさんだから驚かないんですよ?　あらかじめ幽霊ドッキリをすると聞かされて知っていたんですから」

「そ、そうよね!　そりゃあまあ、確かにそうよね!　これでもし、あたしじゃない人が血まみれで立っていたりなんかしたら、さすがに、ねえ?」

「もちろんちゃんとした反応をしますよ。『大丈夫ですか?　病院行きましょう』って声をかけますね。さすがに放置はしません」

「なんなのそのメンタル……。今時《いまどき》の護衛の子って凄《すさ》まじいのね……」

なぜかテンテンさんが世代間のギャップを感じはじめた。

「じゃなくて、『幽霊だ！』ってならないの？」

「いや、幽霊なんていないですから」

私がきっぱりとそう言い放つと、テンテンさんが少しだけしんみりとした顔になる。

「最近の若い子って、すごいのね……。まさか自分が『最近の若者は』だなんて思うようになるとは想像していなかったなあ……。そっかー、思っちゃったかー。あーあ、なんか歳とったなあって、改めてそう思うなあ……」

テンテンさんが深いため息をつく。なんだか、部屋の空気がどんよりとしてきた。

今のこの状態のほうが、先ほどよりもわりと本格的に幽霊っぽいような気がする……。

が、さすがにそれは思っても言えない。

「と、ところで、ふたりが出てきたらどうするんです？」

落ちこむテンテンさんに、ドッキリの話を振る。幽霊ドッキリと聞いて最初は子供騙しだなあと思ったものの、いざ仕掛けるとなると、やはり期待してしまう自分がいる。

――まいった。これじゃあやっぱり共犯だ。

そう思いつつも、わくわくが抑《おさ》えきれない。胸が高鳴る。

きっと、私は今、瞳《ひとみ》の奥を爛々《らんらん》と輝かせているに違いない。

テンテンさんも、それは当然同じだった。血まみれの――正確には血糊まみれの顔で、クスクスと悪い笑みを浮かべはじめた。

「見てなさい。旅館中にガイ先生の悲鳴を響かせてあげるんだから！」

ぐっと拳を握りしめるテンテンさん。その顔は血糊とやる気に満ちあふれていた。

おそらく、私がまるで反応しなかったぶんまで、ガイさんを怖がらせるつもりだろう。

テンテンさんからドッキリのプランを聞かされ、いよいよそのときが迫《せま》ってくる……。


テンテンさんが考案したドッキリは、非常にシンプルなものだった。

「こういうのはシンプルなものほどいいのよ」とテンテンさんは語る。

まず、ちまちまやっていたのでは、そもそもガイさんが気づかない恐れすらある。

さらには、手の込んだものをやろうとすればするほど、それは必然的に作為《さくい》的なものとなり、意外と勘《かん》のいいガイさんにあっさりと見抜かれる恐れがあった。

「腐《くさ》ってもガイ先生よ」とテンテンさん。もちろん、そういうたとえの表現だというのはわかっているのだが、それでも恩師を腐らせるのはどうかと思う。

そんなわけで、瞬発力のあるシンプルなドッキリで勝負するしかないのだ。どのみち、近くには六代目もいる。長々とやるのは得策ではない。

作戦はこうだ。

大浴場から出てきたふたりと私が合流し、そのまま部屋に帰るよう促《うなが》す。

他に人通りのない離れの廊下にさしかかったところで、テンテンさんが登場、驚かす。

たったのこれだけである。実にシンプル。

ちなみにあらかじめ、大浴場から廊下に向かうまでの間に、テンテンさんはすでに自分の部屋に帰って休んでいると付け加えておく。これが私の役目だ。

そして、ついにふたりが大浴場から出てきた。

「いやー、しかしさっきの対戦は惜しかった。まさか引き分けとはな」

「ガイ、一応オレが一点差で……」

まだそのやりとりを続けていたふたりに、そのまま部屋に帰るように促す。ついでに、ごく自然な会話の流れでテンテンさんがすでに部屋に帰っていることも告げる。

ふたりともまったく疑っている様子はない。そもそも疑う理由がない。成功だ。

そのまま、ガイさんの車イスを押していく六代目の後に続く。

離れが近づいてきた。離れへと続く廊下は薄暗く、人通りはない。静かだ。聞こえるのは、私たちの微《かす》かな足音と、車イスの車輪の音のみ。

——さて、どこから来るか……。

そろそろ頃合いだろう。にやけそうになるのを堪《こら》えながら、素知《そし》らぬ顔を保《たも》つ。

ああ、ガイさん、イタズラ心を理解できてしまう護衛でごめんなさい。

とりあえず、先に心の中で謝《あやま》っておく。

でも私、本当はドッキリにかけられた人を見るのが大好きなんです。なのでドッキリに限り、守りません。

でもガイさん。私は期待を裏切ってほしいんです。ガイさんは幽霊くらいでビビらない男なんだということを、テンテンさんに見せつけてやってほしいんです。

声ひとつあげずに、逆にテンテンさんを驚かすくらいのことしてやってほしいんです。

「ぬわああああああああああっ!?」

ガイさんの悲鳴があがった。

ああ、これはダメだ……。幽霊を信じていない私ですら、知らずにいきなりやられたら悲鳴をあげるレベルのやつだ。

六代目に車イスを押され部屋に向かっていたガイさんの目の前に、突如《とつじょ》として逆さ吊《づ》りになった血まみれのテンテンさんが落ちてきたのだった。シンプルと言いつつ逆《さか》さ吊りにまでなるとは、体術に定評のあるガイさんの教え子ならではの驚かし方だ。

超至近距離で逆さになった幽霊メイクのテンテンさんと対面を果たしたガイさんは、そのまま悲鳴をあげながら仰《の》け反《ぞ》るも、六代目が車イスを押していたこともあって後ろに下がれない。そのため不自然に身体をねじる形となり、近くにあった柱に思いっきり後頭部をぶつけていた。結果、白目を剝《む》いて口から泡を吹き出すこととなった。

「ねえ、見た？　ドッキリ大成功！」

そんなガイさんの姿に、嬉々としながら逆さ吊りの縄《なわ》を切って着地するテンテンさん。

「どう？　いいリアクションでしょ？」

テンテンさんが、私に向かって自慢げに笑う。ああ、共犯者だとバレた。

「あのねえ君たち……」

六代目が、呆れ返っていた。ちなみに六代目は、テンテンさんの奇襲にもまるで動じていなかった。ガイさんの後ろに立っていたとはいえ、完全な不意打ちでもこれだ。ガイさんのような必要以上に明るいタイプほどこの手の反応は大きくなるとテンテンさんが言っていたが、確かにそのとおりだ。それはともかく、六代目が悲鳴をあげたり騒いでいたりする姿は想像できない。

「後輩に悪さばかり教えちゃダメでしょ。もっと良い見本になるようにしてくれないと」

「はーい、次から気をつけまーす」

軽《かろ》やかに返事をするテンテンさんに、ため息を漏らす六代目。

「まったく……。ただでさえガイは繊細《せんさい》なところあるんだからさあ……」

ぶつぶつとそんなことを言いながら、車イスを押して気絶したガイさんを運んでいく。

「うーん、これならもうちょっと手の込んだドッキリをやっても、意外といけたかも」

六代目とガイさんを見送りながら、テンテンさんがつぶやいた。悪女だ。

テンテンさんが、再びいたずらっ子のような笑みを浮かべはじめた。

「たとえば、このあと部屋に帰ったふたりが、なにとはなしに見たふすまの裏側とかに、びっしりとお札《ふだ》が貼《は》ってあったりなんかしたらおもしろくない？」

ドッキリの鉄則。終わったと見せかけて気を抜いた瞬間が一番引っかかりやすいというやつのことを言っているのだ。しかし、だとするとテンテンさんに悪いことをした。

私はおずおずと謝罪する。

「すみません。それ、剝《は》がしちゃいました」

「え……？」

にやけていたテンテンさんが、急に真顔になった。私は懐《ふところ》から束《たば》ねた大量のお札を取り出すと、テンテンさんに手渡した。古ぼけた、見たことのないタイプのものだ。

「なにかやたらと貼ってあったので、とりあえず取っておいたんです……」

「えっ、ちょっ、うええっ!?　取ったッ!?　なんでッ!?」

お札を受け取ったテンテンさんの顔が、次第《しだい》に青ざめていく。なにやら、今頃になってより幽霊らしくなってきた。

　ちなみにお札を剝がして回ったのは、この旅館に来てすぐのこと。部屋に不審な点はないかを確認したときのことだった。六代目が泊まる部屋だ。万が一があってはいけない。起爆札《きばくふだ》ではないようだが、部屋に妙な札が貼ってある。なにに使われているものなのかよくわからないが、それは護衛として当然剝がしておくべきだろう。

「でも、ふたりを驚かすなら、剝がさないほうがよかったですかね？」

「いやそれ剝がしちゃいけないやつ！」

　アハハと笑う私とは対照的に、愕然《がくぜん》とした表情で叫ぶテンテンさん。

「ど、どうしよう……！　怖いんだけど……」

　ガタガタと震えだすテンテンさんを見て、私もようやく気づく。

「ああ、そうか。これ霊的なお札か」

「だからなんで剝がしちゃったのよぉ！　もう！」

　テンテンさんは、わざわざ血糊まで使って幽霊のメイクをしているというのに、幽霊の祟《たた》りは怖いのだという。変わった人だ。

「あのですねテンテンさん、幽霊なんていませんよ。勝手に剝がしてしまったお札については、あとで旅館の人に謝っておくので大丈夫です」

怯《おび》えるテンテンさんにそう言いながら、私たちは部屋に戻った。

翌日。

今までの旅の疲れがどっと出たのか、はたまた昨日《きのう》長湯をしすぎたためか、多少の倦怠《けんたい》感《かん》があるものの、何事も変わりなくいつもどおりの朝を迎えていた。

当然、夜中に幽霊など出るわけもなく、私はすぐに眠りに落ちていた。しばらく怖がっていたテンテンさんだが、こちらも疲労からかすぐに寝入ってしまったようだ。

「だから、幽霊なんていないって言ったじゃないですか」

爽《さわ》やかな朝の空気と温泉の匂いを胸いっぱいに吸いこみながら、軽く柔軟運動を行う。腕を伸ばすと、首や肩が軋《きし》んだ。やはり湯疲れが出ているようだ。

「でも、お札の貼ってあった部屋で寝ろって言われたら、あたし無理だったからね？」

テンテンさんが、小声でそう告げてくる。

確かに、お札の貼ってあった部屋は六代目とガイさんの宿泊する離れの一室であって、私たちの部屋ではなかった。しかし、六代目にそれとなく聞いても熟睡していたようで、ケロリとした顔をしている。やはり幽霊などいやしないのだ。

ただ、ガイさんだけは目の下に隈《くま》をつくって死にそうな顔をしていた。どうやら、テンテンさんのドッキリが一晩たってもなお効いているようだった。

「オレは……視《み》たんだ……」

ぼそぼそと、そんなことをつぶやいている。ガイさんが実は怖がりかもしれないというテンテンさんの話は、どうやら本当のようだ。男らしいガイさんにもこんな一面が、と思わずにはいられない。誰にでも苦手なものはあるだろうが、それにしてもただのドッキリでここまでになるとは。これでは本物のビビリではないか。

「さて、と……。それじゃあ、あたしはこれから休暇の温泉巡りだから」

旅館の前で、テンテンさんと別れることにする。私たちの視察任務は、まだ続くのだ。

「もうしばらく、この国で温泉用クナイの可能性を模索《もさく》してみるわ！」

そう言って、びしっと親指を立てるテンテンさん。まだ諦《あきら》めていなかったのだ。さすがはガイさんの教え子だ。もはやポーズまで似てきた。

「売れるといいですね」

などと社交辞令を言いつつ、私たちはテンテンさんと別れた。

ちなみにその後、テンテンさんが手がけた温泉用クナイだが、入浴中のオシャレな護身具として各国の要人やセレブたちの間で一大ブームを巻き起こすことになる。

通常のクナイと変わらない見た目の武骨さ、扱いやすさと、温泉以外の過酷な環境ではふつうに錆びるという開き直りっぷりが、逆にシンプルでわかりやすいと評判のようだ。

まさか護衛される側の人たちの、一応なにかあったときのために自分でもひとつは武器を持っておきたいという需要《じゅよう》があったとは。護衛する側とはいえ、いや、護衛する側だからこそ、そこまでのことは思いつかなかった。世の中なにがうけるかわからないものだ。

さて、テンテンさんと別れて視察の旅に戻った私たちだったが……。

「昨日からずっとガイがこの調子で困るんだよねえ……」

六代目に苦言《くげん》を呈《てい》される。くだらない幽霊ドッキリなんかしたせいで、とでも言いたげな、少しだけトゲを含んだような口ぶりだ。

ガイさんは、青白い顔をしてカタカタと震えていた。そして相変わらず「オレは視た」の一点張りだ。ガイさんの目には、テンテンさんが本物の幽霊に見えたのだろう。

朝からずっと暗い表情のガイさん。無言の六代目。

良くも悪くもムードメーカーだったテンテンさんがいなくなったことで、かなり気まずい空気になってしまっていた。こういうのもなんとかしなくてはならない。それが、付き人である私の役目だった。

「あの、ガイさん」

おそるおそる話しかけてみる。

「昨日は、すみませんでした。あれ、テンテンさんの幽霊ドッキリだったんです」

ガイさんがあまりにも怯えるので、しかたなくネタばらしをする。ネタばらしも、このあと怒られるのも私だけ。損するところは、けっきょく全部私になってしまった。

しかし、ガイさんの口から予想外の台詞《せりふ》が飛び出してくる。

「ミライ、お前はいったいなにを言っているんだ……？」

真顔でそんな質問をされたのだ。

「いえ、あの、昨日のはただのドッキリで、天井から落ちてきたのは実は幽霊の格好をしたテンテンさんだったという話をですね……」

「オレが視たのは鎧武者《よろいむしや》の霊だぞ？　それに、あれはどう見ても男だった……」

「……え？」

一瞬にして頭の中が真っ白になる。ガイさんがなにを言っているのかよくわからない。

「恐ろしい姿だった……。血まみれの鎧武者だ……」

ガイさんが、震えながら昨晩の出来事を語りだした。

「なかなか寝つけなかったオレの前に、やつは現れた。うっすらと透《す》けていて、ひと目見た途端、こいつはこの世のものではないと悟《さと》った。次の瞬間、オレの身体は金縛《かなしば》りにあって動かなくなってしまった。声も出せない。となりで眠るカカシの規則正しい寝息だけが聞こえていた。やつは部屋の中をしばらく徘徊《はいかい》すると、そのまま窓をすり抜けて出ていってしまった。オレは目だけを動かして必死にやつのあとを追った。やつはそのまま本館の壁をすり抜け、ミライ——お前とテンテンが眠る部屋へと消えていった……」

ガイさんの話を聞いているうちに、なんだか体調が悪くなってきた。そういえば、朝から全身が妙に気怠《けだる》い。気のせいだろうが、特に肩のあたりが重いような気がする……。

「テンテンのドッキリには確かに驚いたが、昨晩の鎧武者にくらべればかわいいものだ。後輩といっしょに悪ふざけをするのだって、それはそれでいい青春じゃあないか」

眠れなかったからだろう。げっそりとした顔で微笑むガイさん。というか、ガイさんはテンテンさんのドッキリを把握していて、テンテンさん以外のなにか——鎧武者を視たと言っていて、おまけにその半分透けているようなやつが、壁をすり抜け私が寝ているところに入っていったのを見たと、そう言っているわけで……。

今朝《けさ》、旅館を出る際にお札を剝がしてしまったことを謝ると、旅館の従業員たちは、みんな一斉《いっせい》に顔色を変えた。

そして「大丈夫でしたか?」「なにかありませんでしたか?」などと怯えながら訊いてくるのだ。私は幽霊なんて信じていないから「別になんにもないですよー」なんて軽い気持ちで返事をして笑っていたのだ。しかしこれは——

全身から、さーっと血《ち》の気《け》が引いていく。

ガイさんが、ひとりで部屋にいたがらなかった理由。

電話をしている六代目を追いかけてまでわざわざ部屋をあとにしたのは、すでにあの時点で、部屋にはなにか嫌な雰囲気が……。なぜなら、その直前に部屋の確認を行った私が、護衛という使命感に駆られてお札を根こそぎ剝がして回っていたから……。

「やっぱりあれ、剝がしちゃいけないやつだったんだ……！」

そのまま、私はガイさんといっしょに震えだした。心なしか、先ほどよりも両肩がどんどん重くなっていっているような気がする。どうしよう、もう後ろ振り向けない……。

と、そこに――

「どうしたのよふたりとも。顔暗いよ？」

ハハハと笑いながら六代目の声が。いつもと変わらない調子でそんなことを言う。

恐怖に包まれた私とガイさんには、場違いと思えるほどなんともゆるい声だった。

――怖い……っ！

幽霊の話ではない。

なにがあってもあまりにも動じなさすぎる六代目が怖いのだ。ありえない。

青ざめた私とガイさんを目の前に、なおものんきに笑っている六代目を見た瞬間、鎧武者だとかいうよくわからないもののことなど、もはやどうでもよくなってしまった。

それよりも、鎧武者が徘徊するような部屋で朝まで熟睡していたという六代目だ。それでどうして、こんなにほのぼのとしているのか。穏《おだ》やかな笑みを浮かべていられるのか。

六代目の極度にゆるい雰囲気が、場の恐怖をじわじわと塗《ぬ》りつぶしていく。

そしてどうやら、あまりにもゆるいと人間最後は恐怖を感じるようになるらしい。

のんきに笑う六代目を見て、まさか鎧武者の話以上に鳥肌《とりはだ》が立つとは思わなかった。

――これが……六代目火影……。

冷や汗とともに、固唾《かたず》を呑《の》む。

先代火影のオバケのようなメンタルの強さに恐怖すら抱《いだ》きつつ、旅は続く。

第四章 巨岩

湯

「山だな……」

ガイさんが言った。

「ああ、山だ……」

六代目が続けた。

「山……ですね……」

私もそうつぶやいた。

私たち三人は、首が痛くなるほど上を向きながら、呆然《ぼうぜん》とその場に立《た》ち尽《つ》くしていた。

目の前にあるその物体が、誰がどう見ても山としか思えない代物《しろもの》だったからだ。

しかし、天まで届きそうなほど大きなそれは、山ではなく岩なのだという。

そして、もともとここにあったものではないのだ。

「どうします……?」

私が訊《たず》ねると、六代目が困ったように頭を掻《か》いた。

「どうしよっか……」

さすがに六代目も妙案を思いつかなかったようだ。

というか、訊《き》いておいてなんだが、ひと目見た瞬間からすでにどうしようもない状態であることは、薄々理解できていた。

――確かにこれでは……。

改めて、目の前にそびえ立つ山のように巨大な岩を見上げる。

目当ての温泉は、この下にあるという……。


話は、ほんの少し前に遡《さかのぼ》る。

私たちは、湯《ゆ》の国側にある山奥の村へとやってきていた。

深い山々に囲《かこ》まれ、陸の孤島と表現してもいいほど辺鄙《へんぴ》な場所だ。

なぜこのような山奥に来たのかというと、国境付近の視察任務も兼《か》ねた地図作りの一環という名目もあったのだが、それよりもなによりも、この村には湯の国の中でも特に評判の良い温泉があるらしいからだ。

さまざまな温泉に出会える湯の国においても、この村の温泉はその交通の便の悪さから知る人ぞ知る秘《ひ》湯扱《とうあつか》いとされており、温泉通であるのならば一度は行ってみたい湯なのだという。以前立ち寄った宿場町《しゅくばまち》でそんな情報を手に入れた六代目が、いつものようにゆるい雰囲気のまま、柔軟に予定を変更して寄り道をしていくことになったというわけだ。

湯の国と共同で国境付近の未開発地域を開発するという話もあるなか、多くの人に良いと言われているものならば、それはぜひ見ておくべきだろう。

旅の行程表を書き直してでも立ち寄る必要があると、そう六代目は判断したのだ。

そんな村までの道のりは、六代目の雰囲気とは裏腹にゆるいものではなかったが、というか噂《うわさ》どおり苛烈《かれつ》をきわめたものだったが、私たちはへとへとになりながらも、ようやく村へとたどり着いた。

そこで、例の巨岩である。

最初に異変に気づいたのは、いつものように地図を眺めていた私だ。

「………？」

開いた地図と、実際の風景を見くらべる。なにか違うような気がする。

古い地図とはいえ製作者の腕はかなり良いらしく、これまでずっと正確だったのだが、ここにきて急におかしなことになっていたのだ。

「……なにか、温泉の印《しるし》があるところに、山があるようなのですが」

村の地形と情報が記《しる》されている地図には、温泉マークと『馬鈴薯《ばれいしょ》』というメモが残されていた。馬鈴薯――ジャガイモはこの村の名産品らしく、周囲に畑が広がっていることからも、このメモの意味は理解できるのだが……。

しかし、肝心《かんじん》の温泉マークの意味がよくわからない。

ありえない場所に印が打たれており、地図と周囲の地形が一致しないだけでなく、そのものずばり温泉自体が存在していないのだ。

「んー、古い地図だからねえ……」

言いながら、六代目が近くで農作業をしていたおばあさんに声をかける。

「すみません。お仕事中申《もう》し訳《わけ》ないのですが、温泉はどちらに――」

ところが、『温泉』という単語を出した途端《とたん》、おばあさんは首を横に振った。

「温泉？　ああ、ダメだダメだ。全部埋もれちまった」

「え？」

「岩の下敷きになっちまったよお」

少しばかり耳が遠いのか、やけに大きな声でそんな答えが返ってくる。

おばあさんの話によると、一月《ひとつき》ほど前に大規模な土砂崩《どしゃくず》れがあったらしい。

それが原因で、秘湯として名高い村の温泉が、近くの山から滑《すべ》り落《お》ちてきた巨岩に押《お》し潰《つぶ》され埋もれてしまったのだという。

親切にも案内してくれるというおばあさんとともに、現場へと向かう。そこはまさに、地図に温泉マークが記された場所だったのだ。地図は間違っていなかったのだ。

そして、目の前にそびえる巨岩。もはや岩というよりも山と表現すべき大きさだ。見上げる私たち三人が、一様《いちよう》に山と形容したのも無理はない。

土砂崩れとともに山の上から滑り落ちてきた岩だというが、むしろこれが山そのものではないのか。そう思わせるほど巨大な岩の塊《かたまり》がそこにあった。

近くの斜面には、ぽっかりと抉《えぐ》り取《と》られたような跡《あと》もある。地図とくらべて、山の輪郭《りんかく》がだいぶ変わってしまっている。山肌《やまはだ》に残された無惨《むざん》な傷跡が、この場所にかなりの衝撃があったことを物語っていた。

この土砂崩れにより、温泉施設《しせつ》とその周辺にあった建物が被害にあったようだが、幸《さいわ》いにして死者はひとりもでなかったそうだ。よく助かったものだ。おそらく、もともと人口が少ない村だったからこそ、その程度で済《す》んだのだろう。しかしそれにしても奇跡としか言いようがない。巨岩の周辺は、それほどまでに酷《ひど》い有《あ》り様《さま》だった。

土砂崩れと巨岩による破壊の跡を見つめる。

すでに一月も前のことなので、周囲の土砂は、ある程度村人たちによって片づけられているようだった。それでもなお、災害の爪痕《つめあと》が生々《なまなま》しく残っている。

その中心にあるのが巨岩だ。村自慢の秘湯を押し潰したまま、じっとそこにある。村人たちの手で撤去《てっきょ》などできるはずもなく、一月前から今も温泉の上に鎮座《ちんざ》しているのだ。

「湯の国はどうしてるんです？」

六代目が、おばあさんに訊ねた。

「山奥の村だからねえ。来るだけでもひと苦労なんよ」

そう言って、おばあさんが指さす。見ると、建築途中の民家の前で、幾人《いくにん》かの男たちが座りこんで、真っ昼間だというのに酒盛《さかも》りをしていた。

建築材料である真新しい木材の上に腰を下ろしているのは職人たちだろう。彼らといっしょに談笑している数人の頭には、額当《ひたいあ》てが巻かれていた。湯隠《ゆがく》れの里の忍《しのび》たちだ。

「数人来たところで、人手が足《た》らん。やりようがないよお」

悲痛な声とともに、おばあさんが首を振った。

村には大工などの職人たちの他に、湯の国から派遣《はけん》された湯隠れの忍たちが数人来ていたが、それでは焼け石に水だという。巨岩をなんとかしない限り、村が完全に復興を果たすことはない。しかし、たったの数人では人手が足りなさすぎて、到底《とうてい》巨岩の撤去などできやしないのだ。

「ぬう、無念だ。オレがあと十歳も若ければ、こんな岩砕いてみせたんだが……」

ガイさんが実に口惜《くや》しそうに拳《こぶし》を握《にぎ》りしめた。

「いくらなんでも無理でしょこれは……」

言いながら、六代目が岩の表面に手を当てる。

「ただの岩じゃないねどうも。おそらく金属を含んでいる」

岩の表面をなで、叩《たた》き、六代目がそう結論づける。どうやら、そこらの岩とは比《くら》べものにならないほど硬い代物らしい。こんなものが、山の上、もしくは地中に埋もれていて、土砂とともに滑り落ちてきたという。脳裏《のうり》にふと、隕石《いんせき》という言葉が浮かぶ。

あれはまだ物心《ものごころ》がつくかつかないかくらいのことなので、私自身はよく覚えていないのだが、かつて木《こ》ノ葉《は》に隕石が降りそそいだことがあったという。未曾有《みぞう》の大災害だ。

六代目の指揮の下《もと》、里は壊滅《かいめつ》を免《まぬか》れたが、人のいない山頂や荒野には、そのとき降りそそいだ隕石が、今もまだそのまま存在しているのではないか。そういったものが、なにかのきっかけで十数年の時を経《へ》て人里に転がり落ちてきた……。

なんとなくそんなことを考える。もちろん、ただの想像にすぎないことなのだが……。

そのとき――

「おーい、旅人さんかい？　わざわざ来てもらってすまねえなあ！」

昼間から酒盛りをしていた集団が、こちらに向かって手を振ってくる。

「なんもねえ村だけど、どうだい？　こっちにきて一杯」

陽気な調子で、酒瓶《さかびん》を掲《かか》げてみせる男たち。六代目とガイさんが顔を見合わせた。

「とりあえず、話を聞いてみようか」

「そうだな。見ているだけじゃあ、しょうがないしな」

おばあさんに軽くお辞儀をしてから、そそくさとふたりは酒盛りに加《くわ》わってしまう。私もおばあさんに頭を下げ、そのあとに続く。

「おっ、こりゃあ可愛《かわい》らしい娘さんだ」

「きっと将来、えらいべっぴんさんになるぞぉ」

酔って顔を赤くした男たちが、私を見るなりそう言って盛り上がった。

いったいいつから飲んでいるのだろうか。屋外だというのに、あたりは相当酒臭《さけくさ》かった。思わず、鼻をつまんで顔をしかめたくなるほどだったが、正直可愛らしいと言われて嬉《うれ》しかったので、大人《おとな》しく澄まし顔のままでいることにする。

「どうもどうも、すみません。お誘いいただいて……」

六代目が、腰を低くしながら杯《さかずき》を受け取る。ガイさんも静かに杯を受け取る。

湯隠れの忍もいるとはいえ、当然のことながらこのような場ではわざわざ身分は明かさず、ただの旅人を装《よそお》う。ゆるい旅ではあるが、私たちは任務でここにいるのだ。

「せっかく来てくれたのになあ。温泉がこんなことになっちまってよぉ……」

「まあ、ぐいっといってくれや……って、アンタどうやって飲むんだそれ？」

口もとを隠している六代目に、当然の疑問を抱《いだ》く面々。それは私も気になるところだ。

しかし、六代目が手にした杯はすでに空《から》になっていた。いつの間《ま》に……。

「あ、あれぇ？　どうなってんだ？　確かにさっき注《つ》いだはず……」

目をぱちくりさせる酔っぱらいたち。だが——

「まあ、細《こま》けーことはいいかっ！　アンタいい飲みっぷりだな！　ささっ、もう一杯」

そんな調子で、すぐにどんちゃん騒ぎがはじまってしまう。

酔っぱらいとは、どこの国に行ってもこういうものなのだろうが、大の男たちが昼間から外で飲んで騒いでいるという光景は、わりと特異なものに感じられた。やたらと強い酒を好む私の母が、たとえ酔ってもこのように大騒ぎをすることがないからだろうか。

いや、そもそもひとりで飲んでいてどんちゃん騒ぎをしているほうがおかしいか。

「復興のほうは、いかがですか？」

六代目が静かに訊ねる。

「いや、まいったね。こりゃあ無理だよ。無理」

顔を赤くした湯隠れの忍が、大袈裟《おおげさ》な身振り手振りを加えながら答えた。

「あんな岩だか山だかわからん代物をオレらだけでなんとかしろって言われてもなあ」

「そうそう。土砂も撤去したし、できることはやったんだよ」

そこに職人たちが付け加える。

「で、今日はお互い作業も一段落して区切りがいいってことで、これよ」

「汗水垂らして働いても温泉がねえんだ。ならもう飲むしかねえだろ」

豪快に笑いながら、酒をあおる職人たち。『温泉がない→飲もう』完璧《かんぺき》な理論だ。

「まったく……中央の連中はなにもわかっちゃいねえんだ。ここが辺鄙な場所だからって
オレらに押しつけてよ。自分たちは遠いから行きたくないですってか」

湯隠れの忍のひとりが愚痴《ぐち》りはじめる。ここで言う『中央』とは、湯隠れの里というよ
りは、湯の国の中心地のことを言っているのだろう。

「ここに来て直接見りゃあわかるだろってんだ。あんなでかい岩どうしろっていうんだ。

もっと人数寄こしやがれバカ野郎が！」

相当不満を感じていたのだろう。こちらが黙っていても、勝手に話が進んでいく。

「おまけに山賊《さんぞく》だかなんだか知らねーけどよ、近くの村で若い娘が攫《さら》われたんだってよ」

「ちょうどお嬢ちゃんくらいの歳《とし》の子たちだよ。何人だったかな？」

「ふぇ？」

急に注目されて、びくりとしてしまう。おまけに妙な声が出た。私はといえば、手持ち

無沙汰《ぶさた》のまま持っていた水をちびちびと飲《や》っていたところだった。

ちびちびと酒を飲りながら、湯隠れの忍たちが続ける。

「で、そっちはほら、人の命が懸《か》かっているだろ？　当然そっち優先でな」

「そう。だからオレらのところには湯隠れからの増援もないってわけ」

「なら、いっそのこと木ノ葉に応援要請《ようせい》でもしちゃうか？」

ひとりがそんなことを言うと、他の忍たちが一斉《いっせい》に笑いはじめた。

「国境越えてわざわざこんな山奥までか？　ないない。来てくれないだろ」

来てます、とは言わないが。

「まあ、仮にわざわざ来てくれたとしてもだ。こういうのはオレらの国といっしょで、初めは下っぱのたいした権限もないようなやつが形式的に視察に来たりするだけだろうぜ」

あなたのとなりに座っているのが視察に来てしまった先代火影《ほかげ》ですよ、とも言わない。

彼らとて、まさか先代火影が自分たちのとなりで悠然《ゆうぜん》と酒を飲んでいるとは夢にも思わないだろう。ふつうはここにいるはずのない人物なのだから。

話の中に木ノ葉の名前が出てきたので、それとなく六代目の様子《ようす》を窺《うかが》ってみる。涼しい顔をしたまま黙って話を聞いている六代目。なにを考えているのだろう……。

忍のひとりが、苦笑《にがわら》いを浮かべながら同意する。

「ハハハ、ちげえねえな。オレらみたいなやつに来られても意味ないよな」

「というか、凄腕《すごうで》の土遁《どとん》使いが来てくれたとしても、ひとりじゃきついんじゃねーか?」

「ほんと、ああでかいとやりようがないよな……」

彼らの愚痴に深いため息が混《ま》ざる。確かにやりようがないのは事実だ。ただ、彼らの不満はもっともな話だが、だからといって昼間から酒を飲んでいる場合では……。

職人たちは豪快に飲みつつも、なんやかんやで壊れた建物を直しているわけだし、そこに『できない→飲もう』の理論で任務中の忍まで加わってしまうのはいかがなものか。

土砂を撤去するだけなら村人にもできる。彼らが派遣されてきたのは、村人にはできないことをするためではないのか。

そうでなければ、なんのために忍をやっているのかわからないではないか……。

愚痴る彼らをそっと見つめる。

湯隠れの里の忍は練度《れんど》が低い。そんな話を聞いたことがある。

もちろん、やさぐれた数人を見ただけですべての忍がそうだとは思わないが、実際この村の巨岩に関しては後回し、もしくは手をこまねいているといった状況は確かなようだ。

湯の国は平和主義の国で、武力を持つことを極端に、あるいは執拗《しつよう》なまでに嫌う傾向にあるようで、隠れ里にもそういった意向、気質が如実《にょじつ》に表れているという。

確かに平和を愛することはとてもすばらしいことだ。

だが、平和とはただ漠然《ばくぜん》とそこにあるものではなく、自分たちでつくりあげ摑《つか》み取《と》り守り抜かなければならないものなのだという意識が足りないのではないか。

湯隠れの里の忍たちとて、そのためにつらく苦しい修業を重《かさ》ねているのではないのか。

第四次忍界《にんかい》大戦では、世界中の忍たちが一丸《いちがん》となって平和のために命を懸けて戦ったからこそ今があるということを、もう忘れてしまったのだろうか。

他国や他里の細かい事情まではよくわからないから、一概《いちがい》に言えることではないのだろうが、私にも思うところはある。

かつて、平和を愛した私の父は、そんな湯隠れの里で修業した男に殺されたのだ。

父と対峙《たいじ》した時点で、すでにその男は抜《ぬ》け忍《にん》となっていたようだが、なにを思いながらこの国で暮らし、ここの里で修業をしていたのだろうか。

この国を歩いていると、ふとした瞬間にそんなことを思う。

美しい景観が売りの観光地で、嬉しそうに走り回る子供たちを見かけたとき。

楽しみにしていた名物だったが、いざ食べてみると微妙な味だったとき。

あるいは一日の終わり、夜風に耳を澄ませながら目を閉じるとき。

こうしたなにげない瞬間に、なぜだかふと思うのだ。

そして今も、酒を飲んでいる彼らの輪の中で、私はひとりそんなことを考えていた。

あれやこれやと愚痴りつつも、相変《あいか》わらず上機嫌《じょうきげん》な男たちの酒盛りは続いていた。

六代目は未《いま》だ顔色ひとつ変えておらず、それとは対照的に、ガイさんは真《ま》っ赤《か》な顔をしてぐでんぐでんに酔っていた。酔って余計なことを言わなければいいがと思ったが、聞いている側もかなりの酩酊《めいてい》状態なのでまあ大丈夫だろう。

特に話すことのない私は、ちびちびと水を飲みながら愛想《あいそ》笑《わら》いを浮かべていることしかできない。退屈だ。自然と、私の視線は巨岩に向いていた。

「退屈でしょ？」

するといきなり、六代目にそう言われる。

「はい。あっ、すみません……」

ぼんやりとしていたところだったので、思わず正直に答えてしまう。

「いや、いいよ。岩が気になるんでしょ？　席を外《はず》してもかまわないよ」

「しかし……」

「ガイはオレが見てるし、大丈夫」

微笑《ほほえ》む六代目。私はその言葉に甘えさせてもらうことにした。

「なら、ちょっと岩を見てきます」

そう言って、私は立ち上がった。

酒臭い空気から解放された私は、深く呼吸をしながら巨岩に向かう。近づくごとに、岩の窪《くぼ》みやら亀裂《きれつ》やらがハッキリしてくる。見れば見るほど巨大な岩だ。こんなものが滑り落ちてきただなんて、にわかには信じられない。どれほどの衝撃だったのだろう。

巨岩に沿《そ》ってゆっくりと歩いてみる。この下に温泉が埋もれているのだ。そして、この巨岩をなんとかしない限り、この村がもとの状態に戻ることはない。

六代目がそうしたように、岩に手を当ててみる。ところどころが苔生《こけむ》し、草が生《は》えた巨大な岩だ。湯隠れの忍たちのことをどうこう思っていても、私にもこの岩は壊せない。

えらそうにあれこれ考えていても、実際には私にだってなにもできないのだ。

これでは人のことは言えない。

湯隠れの忍たちのことだけではない。シカダイにもだ。

つい先日も、私は彼の修業に付き合っていた。


先生の息子《むすこ》であるシカダイとは、彼が生まれたときからの付き合いになる。

私が先生の下で修業していたこともあって、すぐに姉と弟に近い関係となっていった。

そして、シカダイが忍者学校《アカデミー》に入る頃には、七代目の相談役を務《つと》め多忙をきわめる先生の代わりに、私が彼の修業をみるようになっていた。

ところがこのシカダイ、大のめんどくさがりやで、とにかく真剣にやろうとしない。修業に付き合うたびに私が小言を十も二十も並べなければならないほどだ。

さらには目を離すとすぐにいなくなってしまうという有り様で、おまけに年々生意気《なまいき》になっていく。とんでもないやつなのだ。

この日も、めんどくさがって真面目《まじめ》に手裏剣《しゅりけん》投げの修業をしようとしないシカダイに、私は何度目かの深いため息をついていた。

「あのねえ……、めんどくさいめんどくさいって、いい加減にしてよね。世の中にはね、めんどくさくてもやらなきゃならないことだってあるの。わかる?」

腕を組み、険《けわ》しい顔のままシカダイに告《つ》げる。しかし当のシカダイ本人は、心ここにあらずといった様子で明後日《あさって》の方向を向いていた。

「シカダイ、返事!」

イライラを募《つの》らせながら、思わず声を荒《あら》らげてしまう。するとシカダイが、そっぽを向きながらぽつりとつぶやいた。

「うるせーな……。母ちゃんかよ……」

先生をそのまま小さくしたような顔をして、そんなことを言う。服装のセンスも髪型もそっくりだ。こういうところがまた、妙に腹が立つ一因《いちいん》となっていた。

「私はまだお母さんって歳じゃない！　お姉ちゃんでしょうがッ！」

「へいへい、わっかりましたよ」

「返事は『はい』でしょ！」

「ウィー」

なめくさった返事に、思わず怒鳴《どな》る気力を削《そ》がれた私は、まためため息をついた。

しぶしぶといった様子で手裏剣を投げはじめるシカダイ。小さい頃はもっと可愛げがあったのに、いつからこんな感じになったのだろうか……。

だがこう見えてシカダイは、忍者学校《アカデミー》では女の子から密《ひそ》かに人気があるらしい。

クラスの男子の中では大人びていて落ち着いた雰囲気があるのと、こうして何事もめんどくさがるような少し斜《しゃ》に構《かま》えた感じが、同世代の女子にはものすごくかっこよく魅力的に映るのだろうが、女子たちよ目を覚ませと声を大にして言いたい。

こんな生意気なやつ選んじゃいけない。このままいけばシカダイなんて、ただのめんどくさがりでひねくれたダメな大人になること間違いないのだ。

だから、そうならないように私がいる。

忙しい先生に代わって、私がしっかりと修業させなければならない。先生から教わった技術をシカダイに伝えていかなければならない。それが私の使命。

そのためには、もっと大人にならなくては。怒《いか》りを抑《おさ》えるのだ。決して感情的にならずやさしく丁寧《ていねい》に血反吐《ちへど》を吐くほどの修業を身体《からだ》に叩きこまなくては……。

決意とともに、ぐっと拳を握りしめる。導《みちび》かなくちゃ……。

そのまましばらくシカダイを見守っていると、突然背後から声をかけられた。

「調子はどうだ？　ミライ」

「あっ、シカマル先生！」

振り返ると、いつの間にか先生がいた。腕を組みながら、木陰《こかげ》に佇《たたず》んでいる。木洩《こも》れ日《び》の中に佇む先生。実に絵になる光景だ。握りしめていた拳の力がゆるんでいく。

そんな私の様子を見ていたシカダイが、またもぼそりとつぶやいた。

「気持ちわるっ……。父ちゃんが来た途端、急に声色《こわいろ》変えてよ……」

しかし私は、その言葉を聞《き》き逃《のが》さない。

「あぁ!?　黙って投げてろッ！」

ものすごい勢いで睨《にら》みつけると、シカダイが慌《あわ》てて修業を再開する。本当に口ばかりが達者になって困る。次なめたことぬかしたら、筆の毛先みたいになっているまとめた髪を摑んで引きずり倒してやろう。シカダイの後頭部を眺めながら、そんなことを考える。

と、ここで、先生の前で声を荒らげてしまったことに気づく。

頬《ほお》を赤らめつつ、場の気まずい雰囲気をなんとかしようと、私は軽く咳払《せきばら》いをした。咳払いがどうしてもわざとらしくなってしまうのはしかたがない。わざとなのだから。

「コホン……えーっとですね、修業は順調です」

「そ、そうか……。いつもすまんな」

先生が、複雑な表情を見せる。おかしい。まだ気まずいままだ。どうしよう。

ただ、嘘《うそ》の咳払いに効果はなかったが、修業が順調なのは事実だった。

シカダイの投げた手裏剣を見る。お手本のように綺麗《きれい》に回転しながら飛んだ手裏剣が、しっかりと的《まと》の中心を捉《とら》える。いい音があたりに響《ひび》く。

振り返り、どんなもんだとでも言いたげに笑《え》みを浮かべるシカダイ。笑った顔は、先生ではなくお母さん似だ。きっと、父親にいいところを見せたいという気持ちも手伝っての気合いの入った一投だったのだろう。見事ど真ん中に命中だ。

シカダイは、めんどくさがりつつもこうして決めるときには決めるやつなのだ。

だからなおさら、そのめんどくさがりな気質が惜《お》しかった。

今はまだよくても、天性の勘《かん》だけでなんとかなったとしても、このままではやがて苦労することになるのは目に見えているからだ。

まもなく忍者学校《アカデミー》の卒業試験を迎えることになるシカダイ。卒業は、ただスタート地点に立ったにすぎないということを、この先いやというほど思い知ることになるだろう。だからこそ、今のうちに伝えられることは伝えておきたい。自分と同じ苦労を、少しでも味わってほしくないと思ってしまうのは、親心ならぬ姉心みたいなものだろうか。

同時に、身をもって苦労を味わわなければ成長できないだろうと思う自分もいる。

複雑な気持ちだ。とはいえ、どちらにしても言えることはひとつ。

「順調とはいえ、もっと身を入れて修業をしてもらいたいです」

「そうだな。まだまだ修業不足だ」

先生が微笑む。そうして、楽しそうにシカダイを見つめる。先生がこうしてシカダイの修業の様子を見に来られているのも、わずかにつくった隙間《すきま》時間があってこそのことだ。そうでもしないと、先生は修業に立ち会えない。それほど、多忙なのだ。

普段は七代目の相談役として、あちこちを駆けずり回っている先生。

常《つね》に影分身《かげぶんしん》を使って働くほど多忙な七代目だが、そんな七代目を縁の下から支《ささ》える先生は、考えようによっては七代目よりも忙しいのではないだろうか。

ただ単に優秀というだけでなく、真面目で勤勉な先生だからこそ務まる仕事だ。そんな先生の息子であるシカダイが、なぜこんなにも無精《ぶしょう》な性格に育ってしまったのだろう。

――見た目はそっくりなのに……。

先生とシカダイ。ふたりを見るたびに、なぜなのかと思う。

「先生からも、厳《きび》しく言ってやってください。修業になるといっつもいっつも二言目《ふたことめ》には『めんどくさい』ですよ。ほんと、誰に似たんだか……」

「あ、ああ、誰に似たんだろうな……。はは、はははは……」

なぜか苦笑いを浮かべる先生。なにかこの時ばかりはいつもと違って頼りなく思えた。やはり私がこの先も修業の大切さを伝えていかなければならない。そうしなければ、シカダイはきっと昼間から飲んだくれて口を開けば「めんどくせー」としか言わないダメな大人になってしまう。

私は改めて、拳を握り直した。


――修業不足かあ……。

巨岩を見上げながら、ぼんやりとそんなことを思う。

人にあれだけ修業修業と言っておいてこのざまだ。

いくら拳を握っても、今の私にこの岩をなんとかするだけの力はない。この先も修業を続けていけば、いつかはこの岩をなんとかできるのだろうか……。

遠くでは、先ほどの親切なおばあさんが農作業をしていた。おばあさんは、男たちが酒盛りをしている間も、ずっと働いていたのだ。

だからといって、男たちがどうこうとはいえない。彼らは自分たちにできることはもうやったのだ。私たちを酒の席に誘ったのだって、村へ来て温泉に入れないでいた旅人に、少しでもこの村のことを好きになってもらおうと思ってのことだったのだろう。

みんな、悪い人ではないのだ。言葉の端々《はしばし》から、そのことはよくわかった。

しかし——

湯隠れの忍たちを見つめて「数人来たところで、人手が足らん。やりようがないよお」と言っていたおばあさんの顔を思い出す。

『いつかは』ではダメなのだ。今すぐになんとかしなくては、この村は復興できない。

だが私には岩は壊せない。なんらかの秘術でガイさんをあと二十歳ほど若くしても無理かもしれない。そもそもなんらかの秘術のほうが岩を砕くよりも無理っぽい。そして六代目はなんかゆるいし無理っぽい。八方塞《はっぽうふさ》がりだった。

これではなんのために忍を名乗っているのかわからなくなってしまう。

今、目の前で困っているおばあさんひとり助けることができなくて、なにが忍か。

そういう人たちの力になるために、厳しい修業に耐《た》えてきたのではないのか。

が、これが現実だ。私にはなにもできない。

私が巨岩の前で途方に暮れていると――

「単純に岩を砕いても、大きな破片が残る……」

そう言いながら、六代目がやってきた。

「それをどこか別の場所に運ぶだけでも、ひと苦労だ。この人数では不可能に近い。かといって粉々に砕くほどの大きな力を用いれば、確実に周囲に被害が出るだろう」

眠たそうな目で巨岩を見上げながら、そんなことを言う。六代目のその言葉に、改めて巨岩をなんとかすることは不可能であると思い知らされる。

しょせんは他国のこと。できないものはしかたがない。そういうことなのだろう。

釈然《しゃくぜん》としないまま、私はうなだれた。

「無理なんでしょうか……。この村は、ずっとこのまま……」

「いや、他に方法はある」

予想だにしなかったひと言に、私は六代目をまじまじと見つめた。

いつもと変わらぬ微笑みをたたえたまま、六代目が告げる。

「たまたま任務で国境付近まで来ていた忍がいてね。たった今連絡がついたんだよね」

「それじゃあ……！」

「明日《あした》の今頃には来てくれるそうだよ」

その言葉を聞いた瞬間、ぱあっと目の前が明るくなったような気がした。なんと六代目は、この巨岩をなんとかできる忍を呼んだという。六代目は、酒盛りの席でもずっとこの巨岩のことを考えていてくれたのだ。私よりも、遥《はる》かに真剣に考えていたのだ。

バカだった。六代目が、できないから見捨てるなんてことするはずがないのに。

陽《ひ》が傾き、巨岩のつくりだす影が、より色濃《いろこ》くなって村を覆《おお》い尽《つ》くそうとしていた。

影の中で、私は安堵《あんど》の笑みを浮かべる。明日だ。明日になればこの村の秘湯は甦《よみがえ》る。

「あっ、そういえばガイさんは？」

酒盛りをしている男たちのほうを見やると、車イスから滑り落ちそうな体勢で、ガイさんが眠っていた。周囲では、男たちもいびきをかきながら雑魚《ざこね》寝している。

「みんな眠っちゃって暇でね……」

常に眠たそうな目をしている六代目が、珍しく愚痴をこぼした。

かくして翌日。私はそわそわしながら助《すけ》っ人《と》を待ち続けていた。

昨夜は嬉しさのあまり興奮してろくに眠れなかったが、朝になってしばらくしたら急に冷静になり、逆に不安になってきたのだ。

六代目は、『たまたま近くまで来ていた忍』というような表現をした。

『忍たち』でもなければ『部隊』でもない。

ということは、助っ人としてやってくるのはひとりということになる。

ちらりと六代目の様子を確認する。

「うう……痛い……。頭が割れるように痛い……なぜだ……？」

両手で頭を抱《かか》えながらうめくガイさんとともに、六代目はまた男たちの酒盛りに加わっていた。今日も今日とて、湯隠れの忍たちは特にすることがないらしく、暇そうにたむろしていたのだ。この日は、酒を片手に花札《はなふだ》で盛り上がっていた。

――六代目は、誰を呼んだのだろう……？

訊ねるタイミングを逃《のが》したまま、酒盛りは続き時は過ぎていく。

私は、今まさにこの村へと向かっているであろう忍のことを考える。

たったひとりで、この巨岩をなんとかできる忍が果たしているのだろうか。そんなことができそうなのは、私の知る限りだと七代目くらいしかいない。が、火影として里にいなければならない七代目は当然ありえない。多忙すぎて影分身でもありえない。

だとすると、七代目に匹敵するほどの力の持ち主で、任務によりたまたま近くにいた忍というのは、もしや木ノ葉のために世界を放浪しているというあの伝説の――

まさにそのとき、村の入口に人影が見えた。

辺鄙な山奥の村である。村自慢の温泉もない今、この頃合いでわざわざその場所を通過するのは、六代目から連絡を受けた忍くらいしかありえないと言っていい。

私は固唾《かたず》を呑《の》んで人影を注視した。

ゆったりとした足取りで、村へと入ってくるひとりの男。外套《がいとう》を羽織《はお》り、いかにも旅慣《たびな》れているといった様子で、真《ま》っ直《す》ぐ岩へと向かってくる。

どっしりとした体型に、やさしげな顔だち、そして左手にはポテチの袋。

そう、彼こそが——

「チョウジさん!?」

思っていた人とだいぶ違った。

「あっ、ミライちゃん」

私に気づいたチョウジさんが手を上げる。その手には、食べかけのポテトチップスがつままれていた。どうやら食べながら歩いてきたらしい。

近くで、花札に興《きょう》じていた男たちが声をあげた。

「よしっ、猪鹿蝶《いのしかちょう》だ!」

男たちが、わっと盛り上がる。相変わらず昼間から酒がすすんでいるようだ。

「ふう、よいしょっと。うーん、今日は暑いねえ……」

外套を脱ぎ、巨岩の麓《ふもと》にどかりと座りこんで汗をぬぐうチョウジさん。

「ちょうどいい日陰《ひかげ》で助かるよ」

そう言って、ポテトチップスの残りを食べ終える。と思ったら、鞄《かばん》から新しいのを取り出してまた食べはじめた。今度は別の味だ。そんなチョウジさんの姿に、朝から感じていた不安が一気に高まる。

確かに、チョウジさんは先生の親友で、そこに花屋のいのさんを加えた三人は、木ノ葉が誇る『猪鹿蝶』トリオだなんて呼ばれているのは知っているが……。

「ミライちゃんにもあげようね」

チョウジさんが、ニコニコと笑いながら鞄から出したもう一袋を私に手渡してくる。

「あ、どうも……」

戸惑《とまど》いながら受け取る私。笑顔のまま勧《すす》められて、封を開ける。これでは、ただの気の好《よ》いお父さんではないか。

チョウジさんに関しては、先生の親友ということで私も幼い頃から知っているのだが、バリバリ任務をこなしている凄腕といったような印象はあまりない。

それよりも、よく娘さんと仲良く食事をしているところを見かけるといったような、娘《むすめ》想《おも》いのやさしいお父さんという印象のほうが強かった。

そんなチョウジさんが、ひとりでこの巨岩をなんとかする様《さま》など想像できない。

土遁系の使い手であるという話も聞いたことがないし、秋道《あきみち》一族――チョウジさんが受《う》け継《つ》いでいる身体を大きくする秘伝忍術・倍化《ばいか》の術を使ったとしても、金属を含んでいるらしいこの巨岩はさすがに無理なのではないだろうか。

しかし、六代目は砕く以外の方法があると言っていた。

「チョウジさん、この岩なんですが……」

「うん。下に温泉があるんでしょ？　早いところ復活させないとね」

朗《ほが》らかに答えてくれるチョウジさん。

「とりあえず、押してみるよ」

「は？」

「ん？　押すんだけど、どうかした？」

おす……。お酢？　いや、押すか。押す!?

まさかの提案に、度肝《どぎも》を抜かれる。

確かに、砕けないのなら押してどかせばいい。単純な話だ。だが、あまりにも単純すぎて、そんなことのできる人が本当にこの世にいるとはとても思えない。しかしチョウジさんは、雲に届くほどのこの巨岩を、押して動かすというのだ。

「できるんですか⁉」

「んー、やってみないとわかんないけど、がんばってみるよ」

ずいぶんと気軽な調子でそう答えるチョウジさん。本当に大丈夫なのだろうか。

するとそこで、六代目の声がかかる。

「ごめんね。わざわざこんなところまで」

私の不安をよそに、やってきた六代目は相変わらずいつもどおりだった。今日もまた、男たちに飲まされていたようだが顔色ひとつ変えていない。

「遠かったでしょ？　はいこれ、ふかし芋《いも》。熱いから気をつけて」

笑顔のまま、チョウジさんをねぎらう六代目。私とチョウジさんに、ふかしたジャガイモを差し入れてくれる。村で採《と》れたジャガイモだ。

湯の国では地熱《ちねつ》を利用して作物《さくもつ》を栽培していた。ジャガイモがもっとも有名で、地元の人たちからは『地熱芋』と呼ばれている。温泉の蒸気でふかした地熱芋は、どの宿場町に行っても必ず目にする一品である。この小さな村でもそれは同じであった。

「こ、これは地熱芋！　これを食べるためにここまで来たと言っても過言《かごん》ではないね！」

ほくほくの笑顔で、湯気を上げるジャガイモにかぶりつくチョウジさん。

ポテトチップスを食べていたというのに、またジャガイモだ。飽きないのだろうか。

というか、これを食べるために来たと言っていたような気がするのだが、岩……。

右手に差し入れの地熱芋、左手にもらったポテチの袋を持ったままおろおろする私に、
六代目がやさしく声をかけてくれる。

「ま！　だいじょーぶだから。焦《あせ》らず様子を見てて」

そのまま、六代目はガイさんのもとに戻っていく。

すると、依然《いぜん》として二日酔いに苦しんでいる様子のガイさんが、突然口もとを押さえながらブルブルと痙攣《けいれん》しはじめた。周囲の男たちが、別の意味で騒がしくなる。

——あっちはあっちでたいへんそうだ……。

そんな光景を呆《あき》れながら見ている間に、チョウジさんは差し入れのジャガイモを完食していた。食後の一杯か、持ってきた水で喉《のど》を潤《うるお》している。

「よし……」

タン、とチョウジさんが膝《ひざ》を叩く。いよいよ巨岩を押すときが来た。

「続きを食べよう」

と、再《ふたた》びポテトチップスに手を伸ばすチョウジさん。どこまでが間食でいつになったら完食になるのかがわからない人だ。

バリバリと任務――ではなくポテトチップスを食べるチョウジさんを見守る。

そのうちに私も地熱芋を食べ終えてしまって、なにもすることがないので今度はもらったポテトチップスをパリパリと食べるようになった。しきりにポテチを食べる人を眺めながらポテチを食べるという奇妙な時間が流れていく。

そうして、ついにチョウジさんの手が止まった。

鞄いっぱいに詰《つ》めこんであったポテトチップスをすべて食べ終えたのだ。というか、鞄の中身がそれしかないってどういう……。

しかし、これでやっと巨岩をなんとかする作業に取りかかれる。

期待の眼差《まなざ》しを向ける私だったが、すぐにチョウジさんがしょんぼりとした顔になる。

「ごめん、このままだとカロリーが足りないよ……」

「ええっ⁉」

あれだけ食べておいて、まだ足りないというのだ。

「あと少しでなんとかできそうなんだ……。ちょうどポテチ一袋分のカロリー……あっ」

じっと、私の手もとにある袋を見つめるチョウジさん。私は、袋を逆さにして見せた。

すでに中身を食べきってしまっていたのだ。

「そっか……。もうないよね……」

「す、すみません！　いや、でもチョウジさんがあげるって……」

「ううん、いいんだ。けど、どうしよう。ポテチ食べたいなあ……」

ふう、とため息をつくチョウジさん。

チョウジさんは、カロリーを大幅に消費して特殊な術を使う忍だ。目の前にそびえる巨岩を押すには、もう少しだけポテトチップスを食べなければならないらしい。ふかした芋ではなく、どうしても油分のあるポテトチップスが必要だという。

ただ、困ったことに、ここは陸の孤島とすらたとえられるような辺鄙な山奥の村。ポテトチップスなんて売っていない。近くの町まで降りていけば買えるだろうが、それでは時間がかかりすぎる。村に戻ってくる頃には、チョウジさんの胃袋が空っぽになってしまっていることだろう。さて、どうしたものか……。

六代目に相談しようか。いや、それとも……。

逡巡《しゅんじゅん》する私の前に、ジャガイモが差し出された。昨日《きのう》のおばあさんだった。

「芋ならいっぱいあるよお」

おばあさんは、ずっとポテトチップスを食べていたチョウジさんを見ていて、心配になって来てくれたらしい。よっぽどお腹《なか》が空《す》いていると思われたのだろう。

「いいんですか？」

笑顔で頷《うなず》くおばあさんに促《うなが》され、私はジャガイモを受け取った。

そして、それと同時に決意を固める。

砕けない巨岩なら押してどかせばいい。単純な話だ。

なら、ポテトチップスが売っていなかったらどうすればいいのか。

自分でつくればいいのだ。


おばあさんの厚意で台所を貸してもらった私は、ジャガイモを見つめたまま固まっていた。ポテトチップスをつくろうと思いたったものの、考えてみれば買って食べたことはあれど、つくったことなど一度もなかったからだ。

そもそも、手づくりしてみようだなんて思ったことすらない。

今まで売っているのが当たり前だと思っていた。お金さえあればすぐに手に入るものだと思っていた。けれど、お店に並んでいるポテトチップスも、もともとはおばあさんのように汗水垂らしてジャガイモをつくってくれる人がいなければ存在しないのだ。

そして、やはり誰かが加工しなければ、ジャガイモはポテトチップスにならない。

当たり前のことだが、今まで自分の代わりに誰かがやってくれていたにすぎないのだなと改めて思う。誰かがやらねば、世の中の当たり前すらありえないのだ。

今は、その当たり前に誰かがやっていたことを自分でやるしかないということ。

とはいえ、ポテトチップスは決して複雑な手順が必要な加工品ではないはずだ。要は、薄く切ったジャガイモを揚《あ》げればいいわけだ。持てる知識を駆使して、なんとかするしかない。いつかではなく、『今』やるしかない。私は意を決して、包丁を握った。

まず、洗ったジャガイモの皮を剝《む》く。

次に、ジャガイモをできるだけ均等に薄く薄く切っていく。

そして、断面のぬるぬる——確かでんぷん質とかいったか、そういうやつを、水にさらして落としていくのだ。たぶん二、三回ほど水を換《か》えれば大丈夫だろう。

ジャガイモの水気をよく切ったら、いよいよ油に入れていこう。

最初は弱火でいいはずだ。一枚一枚、静かに薄く切ったジャガイモを入れていく。

すると、薄切りのジャガイモの縁《へり》から泡が立ちはじめる。お互いがくっつかないように菜箸《さいばし》で動かしながら、じっくりと揚げていく。

揚げもの特有の軽快でおいしそうな音が聞こえてくる。いい調子だ。

無心になってジャガイモを揚げ続ける。ほんのりと色が付いてきたら、最後は強火にしてカラッと揚げる。順々にジャガイモを油の中から取り出して、よく油を切る。

取り出したジャガイモが冷めないうちに塩をふると——

「できた……！」

目の前の皿に、ポテトチップスの山がそびえ立っていた。

「つくりすぎた……！」

失敗を恐れるあまり余分に材料を用意していたのだが、揚げものが思った以上に楽しく次々と揚げ続けていたらこんなことになってしまったのだ。まさか最初からうまくつくれるとは思わなかったが、とにもかくにも大成功だ。

おばあさんにお礼を言い、チョウジさんのもとにポテトチップスを運んでいると、匂《にお》いにつられたのか酒盛りをしていた男たちが集まってきた。

「なんだ？」

「おっ、うまそー」

「ちょうどつまみが欲しかったんだよ」

男たちが、口々にそんなことを言いはじめる。

「あの、みなさんも、よかったら……」

もはや空気的に勧めざるをえない状況だったが、どのみちつくりすぎたものだ。ちょうどいい。山のように盛られたポテトチップスを差し出す。

子供のようにはしゃいで、次々とポテトチップスに手を伸ばす男たち。

「揚げたてだからか、売ってるやつよりうまいなー」

「素朴《そぼく》な味でいいよな。酒がすすむぜ」

「この村のジャガイモって、なにげにポテチ向きなんじゃないか？」

口々にうまいうまいと言いながら、男たちがポテトチップスを食べていく。

一方、チョウジさんも負けていない。

「ありがとうミライちゃん。おいしいよ」

と、穏《おだ》やかなことを言っていた口には、すぐに大量のポテトチップスが詰めこまれることになった。凄《すさ》まじい勢いで、ポテトチップスを掴んでは口に入れていくチョウジさん。

これほどまでに『ガツガツ』といった擬音が似合う光景は、そうそうお目にかかれないだろう。おそらく、四方八方から手が伸びてきて目の前のポテトチップスが減っていくという状況が、チョウジさんの食欲に火を点《つ》けてしまったのだ。

とても同じものをすでに何袋も平らげた人とは思えないほどの食べっぷりで、瞬《また》く間《ま》に皿の中身を減らしていくチョウジさん。ポテトチップスは、すぐに最後の一枚となった。

はむっ、と皿に残った最後の一枚を口に入れ、じっくりと味わうチョウジさん。

「ジャガイモの風味が口いっぱいに広がっていく……」

目を閉じて頷きながら、チョウジさんが満足げな表情を浮かべた。むしろ、つくりすぎくらいがちょうどよかったか。あやうくまだ足りないとなるところであった。

「うん。これならいけそうだよ。みんなは危ないから下がっていて」

立ち上がり、チョウジさんが軽く肩を回しながら巨岩へと向かっていく。

「よーし、いくぞおおおおおっ！」

チョウジさんが気合いの入った声をあげたのと同時に、まるで爆発でも起きたかのようにあたり一面を白煙が覆った。その直後、地面が揺れた。巨大ななにかが、大地を踏みしめたのだ。白煙の中から飛び出してきたのは、巨人だった。

巨大化したチョウジさんが、天高くそびえる巨岩に組みついた。それはまるで、巨人と巨岩の力くらべ。神話のような光景が、目の前で繰《く》り広《ひろ》げられる。

周囲に集まっていた男たちからどよめきの声があがる。チョウジさんや私たちがただの旅人ではなく忍だったことに、ここで初めて気づいたようだ。

おばあさんをはじめとする村の人たちも、何事かと一斉に家を飛び出してくる。

「オオオオオオオっ！」

村に、チョウジさんの雄叫《おたけ》びが轟《とどろ》く。その背中には、目に見えるほどの強いチャクラの力が集まって、さながら蝶のような美しい羽が現れていた。

「すごい……綺麗……」

気がつくとそうつぶやいていた。こんなチョウジさん、生まれて初めて見た。これが、攻守万能——木ノ葉の矛《ほこ》にして盾《たて》と言われるあの秋道一族の力。

しかし、巨岩は未だ微動だにしない。

「ミライちゃん……！」

遥か頭上から、チョウジさんの声が降りそそいでくる。全身全霊の力を込めて巨岩を押しているためか、喉から絞《しぼ》り出《だ》すような声だった。

「ポテチ……余ってない……よね……？」

「まだ足りないんですか!?」

思わずそう叫んでいた。あれほどつくりすぎたと思っていたポテトチップスをもってしても、まだカロリーが足りなかったというのか。依然として、巨岩はびくともしない。

「あと少しなんだ……あと少しで……！」

あたりに、苦しげなチョウジさんの声が響く。多すぎたと思って、ポテトチップスを皆におすそ分けしてしまったのが悪手《あくしゅ》だったのか。しかしもはや、どうしようもない。

と、そこに——

「ぬうおおおおっ、オレも押すぞおおおおおおおっ！」

突如《とつじょ》として飛び出したガイさんが、巨岩を押しはじめた。

「フルパワーだあああああ！」

ガイさんが声を張りあげる。二日酔いのせいかだいぶ顔色が悪い。しかし、それでもガイさんは押すのをやめない。車イスを固定して、突き出した腕に全力を込める。

「おい……」

「……ああ」

そんなガイさんの姿を見ていた湯隠れの忍たちが、ガイさんに続いた。

「オレたちも押すぞ！　湯隠れの忍の力、見せてやるよ！」

「よそ者にばっか、いい格好《かっこう》はさせられないってね！　よく言うだろ？」

そう言って、ガイさんのとなりに並ぶ。率先《そっせん》して前に出たガイさんの姿を目《ま》の当《あ》たりにして、酔いが一気に覚めたといった様子だ。

「この村を、温泉を、取り戻すんだ！」

湯隠れの忍が叫んだ。そこからは、あっという間の出来事だった。

そんな湯隠れの忍たちに続いて、職人や村人たちが、一斉に巨岩へ押し寄せたのだ。

「みんなあああああ、押せえええええっ！」

「うおおおおおおおっ！」

チョウジさんの足下《あしもと》で、皆が巨岩にへばりつくようにして力を込める。

「じゃ、ひさびさにオレも本気を出そうかな」

ゆっくりと巨岩に向かっていく六代目に、私も続く。

巨岩の前では、集まった人たちによる雄叫びやら声援やらが飛《と》び交《か》っていた。

「オラァァッ！　負けてたまるかよォォォッ！」

「がんばれえええええっ！」

「あとひと息だっ！」

たくさんの声に包まれながら、私も皆の輪に加わって巨岩を押しはじめた。

そうして、その時はやってきた。

大地を抉る轟音《ごうおん》とともに、巨岩がゆっくりと動いた。

巨岩がほんの少しだけ動いてからは、すぐだった。皆の力がひとつになり、わずかにズレた巨岩。それを好機としたかのように、チョウジさんが一気に押しきったのだ。

全力で押していた人たちが前のめりに倒れるなか、チョウジさんの足下から温泉が噴《ふ》き上《あ》がる。巨岩の下敷きになっていた温泉が、今ここに甦ったのだ。

温泉の雨が降りそそぐなか、人々から歓喜の声があがる。

抱き合っている人や、泣き崩れる人、温泉に向かって手を合わせ拝《おが》みはじめる人……、そんな人々の頭上には、温かい雨によってつくられた虹《にじ》が架《か》かっていた。

出来すぎているると思わず笑ってしまいそうになるくらいの、まるで物語のハッピーエンドのような幸せな光景が、そこには広がっていた。

温泉の脇《わき》にどかされた巨岩の前では、もとの大きさに戻ったチョウジさんがへたりこんでいた。大量のカロリーを消費したためか、見違えるように細身になっている。

チョウジさんと目が合った。

ニコリと微笑みながらもお腹を押さえたチョウジさんの姿に、思わず苦笑してしまう。

あとでまた、おばあさんに頼んで台所を使わせてもらおう。そんなことを考える。

お腹を空かせているチョウジさんのために、今度は、もっとたくさんのポテトチップスを用意しよう。それこそ、皿に山盛りではなく、皿に巨岩盛りというくらいに。

「こんなでかい岩の麓にある温泉なんて、世界中探してもここにしかないぜ」

近くで、湯隠れの忍たちが村人とそんな話をしていた。

「あの岩、よく見たらジャガイモに似ているだろ？　岩のそばで、近くの畑で取れたジャガイモを売るんだ！　ふかし芋は他の村にもあるから、ポテトチップスなんてどうだ？」

さっそく、復興の計画を立てはじめているようだった。

酒を飲んでやさぐれていたときとは、ずいぶんと印象が違う。目を輝かせながら、村に観光客が戻ってくるにはどうしたらいいのか議論していた。

「うう……まだ頭が痛い……。さんざんな日だ……」

ぼやくガイさんを連れて、六代目がやってくる。二日酔いでげんなりしているガイさんとは対照的に、六代目は晴れやかな顔をしていた。

「うまくいってよかったよ」

湯隠れの忍たちを見つめ、微笑む六代目。

「なんか、いいですね。こういうの」

私もまた、喜ぶ村の人たちを見つめながら微笑んだ。

「国も立場も職業も年齢も性別もばらばらなのに、岩を押したあの瞬間、みんなの思いは確かにひとつだった。だから岩が動いたのかなって。それって、すごいことですよね」

規模こそ違えど、史上初の忍連合軍として戦った第四次忍界大戦は、もしかしたらこんな雰囲気だったのではないかなんて、ふと思う。

秘湯を失い観光客のいなくなった村。

その原因となった巨岩を憎むのではなく、ともに生きようと模索《もさく》していく。

巨岩と温泉。

奇妙な組み合わせだが、やがてはこの巨岩も、村の象徴《しょうちょう》として多くの人たちに受け入れられるようになるのだろう。つらい災害の記憶として残るよりも、そのほうがいい。

「素朴《そぼく》な味の田舎風《いなか》ポテトチップスを名物にしてですね……」

「田舎風じゃなくてフツーに田舎だけどな」

「田舎だとぉ？　てめーオレらの村をバカにしてんのか？」

「い、いや、それならこの岩を『ジャガ岩』と名付けマスコットキャラクターに……」

湯隠れの忍たちと村人たちとの白熱した議論を聞きながら、私は手もとの地図の情報を更新《こうしん》する。温泉マークと『馬鈴薯』の下に、新《あら》たな書きこみを加えていく。

『巨岩の湯』『ポテトチップス』


——どうか、たくさんの人に愛される村になりますように。

そう願いつつ、私も皆の輪に加わった。

第五章 神

灯籠《とうろう》が、夜の闇《やみ》をやさしく照らしていた。

聞こえてくるのは、湯口からさらさらと流れる温泉の音だけ。

音に合わせて、仄《ほの》かな明かりのなか、湯煙が踊る。

湯煙を追って見上げれば、遥《はる》か頭上に広がる満天の星。

温かい湯に身をゆだね、こうして闇夜に浮かぶ星を眺めていると、まるで自分の身体《からだ》が夜の中に溶《と》けていくかのような不思議な感覚に陥《おちい》る。

手や足がじんわりと痺《しび》れていき、その感覚が腕や脚《あし》に広がり、やがて身体全体の輪郭《りんかく》が曖昧《あいまい》になっていく。静寂《せいじゃく》の中、瞳《ひとみ》に映るのはきらめく星空のみ。肉体から解《と》き放《はな》たれた魂《たましい》だけが星の海を漂っているかのようで、いつしか心地よい孤独感に包まれていく。

誰もいない夜の露天風呂は、さみしさだけが孤独ではないということを教えてくれる。

私の生まれるずっとずっと前から滾々《こんこん》と湧《わ》き出《で》る温泉に浸《つ》かり、空の彼方《かなた》に光る夜の星をひとり愛《め》でていると、孤独にも種類があるのだと思えてならない。

ひとりぼっちでつらく苦しい孤独と、ひとりだからこそ安らげ楽しめる孤独だ。

私たちが目にするあの星の輝きは、何年も、何百年も、あるいは何億年も前のものであるという。以前、先生からそんな話を聞かされた。

太陽の光すら、八分以上前のものを見ているらしい。

星や太陽と私との間には、光の速さで進んでも、それだけの時間がかかる距離があるのだ。果てしなく遠い距離。だが、無限ではない。進み続ければ、いつか必ず届く距離でもある。そうして、私が今この瞬間にそれを目にする。

そんなとき、私は暗い闇の中で光り続ける星の孤独を思う。ひとりそれを見つめる自分の孤独を思う。そして、何年、何百年、あるいはもっと前に——私と同じようにこの場所でひとりこうして夜空を見上げていた人のことを思う。

星と温泉に記憶というものがあるのだとすれば、どんな人だったのか教えてほしい。

きっと、その人とは良い友達になれるに違いない。

思わず、そんなことを夢想する。

ただし今日は、そんな夢想が現実となっていた。

「ミライさんって、髪きれいですよね」

ぽつりと、そんなことを言われる。

星空を眺めながらぼんやりとしていた私は、いきなりのことにまごついてしまう。

「えっ、そ、そうですか？　でも、ちょっと全体的にクセ毛なとこがあるんで、子供の頃からけっこう悩んでたりするんですよ……」

ハハハと、苦笑《にがわら》いとともに答える。多くの人が寝静まっている時間帯を狙《ねら》って露天風呂にやってきたのだが、この日はひとりではなかった。

「そんな！　全然気にするようなクセじゃないですよ。むしろ、もっと伸ばしても似合うんじゃないですか？」

すぐとなりから、驚きの声が返ってくる。

「うーん、まあ……どうですかね……」

濡《ぬ》れた手で髪に触れてみながら、曖昧な返事をする。髪質は母に似ているようなので、もっと伸ばすとまんま若い頃の母のような髪型になるのだろうが、これ以上伸ばして果たして本当に似合うのだろうか。

そこまでの長髪にしたことがないのでうまく想像できないが、これ以上髪を長くするとこうして温泉に入るときなんかはめんどくさそうだと、思わずシカダイのように考える。

目の前の彼女――タツミちゃんは、温泉に入るために長い髪をまとめていたからだ。

髪を洗うときにはあれをほどかなくてはならないし、髪を乾かすのにも時間がかかりそうだ。慣《な》れればたいした手間にはならないのだろうが……。

「似合うと思うんだけどなあ……」

残念がるタツミちゃんだが、濡れた髪の毛が首筋《くびすじ》や背中に張りついたときの、あのなんとも言《い》い難《がた》い感触のことを考えると、やはり今のままの髪型でいいように思えてくる。

そもそも、オシャレも修業も両方こなせる器用なくノ一というのは、私には向いていないのだ。『カワイイというよりイケメンタイプ』とダテに同期から言われ続けていない。

しかし、これはタツミちゃんにはナイショだ。会ったばかりの人にわざわざ忍《しのび》ですとは自己紹介したりしないからだ。

そう、タツミちゃんとは、つい今しがたこの温泉で会ったばかりなのだ。

お互い、わざわざ人が寝静まった時間を狙って温泉にやってきたのだ。

同じことを考える人が、広い世界のどこかにはいるだろうが、それがたまたま同じ日、同じ場所、同じ時間にばったりと出会うというのは、少しばかり運命的かもしれない。

彼女もまた、孤独を楽しめる同好の士。

自分だけの秘密の時間を共有できる仲間といっていい。

年齢が近いこともあって、すぐに私たちは打《う》ち解《と》けた。

というか、真夜中の露天風呂で偶然出会ったふたりが、お互いひと言もしゃべらず黙って入っているというのもおかしな話だ。さすがにそれは気まずい。

私が旅をしていると言うと、タツミちゃんは自分もそうだと答えた。

彼女は、唯一《ゆいいつ》の肉親であった母親をつい先日病気で亡《な》くしていた。今は、母親が生前行きたいと言っていた温泉を供養《くよう》のために巡《めぐ》っているのだという。

彼女はまさに、母親の魂を連れて旅をしているのだ。そして、それは同時に、唯一の肉親を失ったことに対する自分自身の魂へのひとつの区切り、けじめという側面もあるのだろう。

時々見せる笑顔が、どこか儚《はかな》く消え入りそうなものであったのも、母を亡くしたばかりだと聞いて納得《なっとく》できた。親しい人を亡くせば、きっと誰だってこんな顔になるのだろう。

「はあ、いいですねえ。夜の温泉は……」

タツミちゃんが気持ちよさそうに目を閉じた。色白で華奢《きゃしゃ》な肩が目につく。この子は間違いなく忍ではない。なにとはなしに、そんなことを思う。危険な任務でケガをすることもなければ、死ぬこともない。そんな家庭で生まれ育ったごくふつうの女の子だ。

平和な時代になったとはいえ、任務に危険は付きものだ。悲しいことだが、それで身内を失う人だっている。私はそんな世界で生きている。

しかし、たとえ忍でなくても、戦争がなくても、事故や病気で死ぬ人はいる。あるいは天寿《てんじゆ》を全《まっと》うして、人は死ぬ。それが人の宿命と世の理《ことわり》。当たり前のことだ。

そんな当たり前のことで、ごくふつうの女の子だった彼女は天涯《てんがい》孤独の身となった。

やりきれない思いだ。

だが、すべての命あるものがいつかは直面する出来事のひとつでしかないのも事実。

湧き出る温泉も、夜空に輝く星も、当たり前のようにそこにある。しかしそれらとて、永遠ではない。今、ここで偶然にも出会えた奇跡を思えばこそ、人は一瞬一瞬を大切に、今というこの時間を精一杯生きるしかないのだ。

「明日《あした》は、どこに？」

目を閉じたタツミちゃんに、そう声をかける。とりあえず海を目指《めざ》しながら国を横断しようと思っていると言っていた彼女のことが心配になってくる。

それというのも、先日訪《おとず》れた巨岩の村で、湯隠《ゆがく》れの里の忍たちが、国境付近で若い娘を攫《さら》う事件が起きているという話をしていたからだ。

しかしタツミちゃんは、そんな噂《うわさ》は知らないようで、

「明日は山越えですかねー」

なんて、軽い調子で答える。

「危なくない？　ほら、山賊《さんぞく》とか」

そう訊《たず》ねると、タツミちゃんが少し考えるような仕草《しぐさ》を見せた。

「んー、山道っていってても、ここらへんは観光で来ているお客さんが他にたくさんいるんで、今の時代さすがに山賊みたいなのはいないいんじゃないですか？」

タツミちゃんにそう言われ、確かにそれはそうだなと納得してしまう。観光客の往来が多いような場所で、山賊のような不逞《ふてい》の輩《やから》を野放しにしておくことなどありえない。

観光立国である湯《ゆ》の国は、とりわけ治安《ちあん》の良さに定評がある。もちろん観光客を狙ったスリやぼったくりなどの卑劣《ひれつ》な犯罪はどうしてもなくならないが、湯隠れの忍たちの不断の努力により、それも年々減ってきているという。

——だとすると、湯隠れの忍たちが調査しているという誘拐事件とはいったい……？

騒ぎになっている様子《ようす》もないので、たいした事件ではないのだろうか。それなりに人員を割《さ》いて調べているような口ぶりだったが、どうなっているのだろう……。

湯煙を見つめながら、ぼんやりとそんなことを考える。

「この国は治安がいいんで、女の子のひとり旅でも安心できていいですね」

タツミちゃんが無邪気《むじゃき》な笑《え》みを浮かべる。

明日にはもうこの顔は見られないのかと思うと、途端《とたん》にさみしい気持ちになってきた。皮肉なもので、ひとりでは平気な孤独も、ふたりになるとダメになるときもある。

ひさびさに話の合う同年代の女の子に出会えたというのに残念だ。彼女といっしょに旅ができたら。せめて途中までいっしょに行けたら。しかしそれは無理な話だ。

「明日には山越えかあ……って、日付的にはもう今日か。もっと話せたらよかったけど、お互いそろそろ寝ないとね」

名残惜《なごりお》しい気持ちを悟《さと》られぬよう、わざと明るい口調でそんなことを言ってみる。

脱衣所から出れば、あとはお互いそれぞれの部屋に戻って休むだけ。

おそらく、もう顔を合わせることもないだろう。

朝になれば、私には私の旅があり、彼女には彼女の旅があるのだから。

「……そろそろ出るね」

いつまでも未練を残していてもしかたがない。私は脱衣所に向かおうと立ち上がった。

その瞬間――

バシャッと水音がした。

立ち上がった私の手首を、タツミちゃんが掴《つか》んでいた。

「えっと、タツミちゃん……？」

タツミちゃんが、すがるような眼差《まなざ》しで私を見上げていた。

「……ごめんなさいミライさん。私、ウソをついていました」

「………？」

戸惑《とまど》いながらも、またちゃぷんと湯に身を沈めると、タツミちゃんの手が離れた。

「母の供養のために温泉を巡っているという話、ほんとは違うんです……」

一拍《いっぱく》おいて、タツミちゃんはなにかを決意したように真《ま》っ直《す》ぐ私を見つめた。

そして――

「ミライさん……死んだ人に会えるという温泉を知っていますか？」

その唇《くちびる》から、予想だにしなかった台詞《せりふ》が発せられた。

「それは、どういう……？」

思ってもみなかった問いに動揺した私は、そのまま黙って彼女を見つめる。

「私はこれから、そこに行こうと思っているのです」

タツミちゃんの言っていることの意味が、よくわからない。だって――

「死んだ人に会える……そんなのあるわけないよ」

つぶやくように、口にする。

タツミちゃんは、じっと私を見つめていた。私もまた、タツミちゃんをじっと見つめていた。タツミちゃんの瞳《ひとみ》には、私の姿だけが映っている。

「あるんです、この国には。そして、私はこのために旅をしていたんです。どうしても、もう一度だけ、ひと目でいい、母に会いたいんです……」

絞《しぼ》り出《だ》すような声でそんなことを言う。だが、そもそもタツミちゃんはなにを言っているのだろう。死んだ人に会えるなんてこと、あるはず——

「私が生まれる前に、戦争がありました。世界を巻きこんだ大きな戦争です。第四次忍界《にんかい》大戦……知ってますよね？」

無言のまま、私は小さく頷《うなず》いた。

「その戦争では、たくさんの死んだ人たちが再《ふたた》びこの世に現れて戦ったそうです。死んだ人が姿を現すことだって、絶対にないわけじゃないんです」

それは私も聞いたことがあった。確か、生贄《いけにえ》を使ってこの世に死者を口寄せするという禁術《きんじゅつ》があった。安らかに眠る死者の魂を弄《もてあそ》ぶ卑劣な術だ。第四次忍界大戦では、敵がこの術で過去の英雄や歴戦の猛者《もさ》たちを蘇《よみがえ》らせ操《あやつ》ったという。名前はなんといったか……。

ともかく、彼女の言うことにも一理ある。かつてそのような術は存在していた。死者がこの世に姿を見せることもあった。だったら、死者と会える温泉という話も——

「ミライさんにはいないのですか？」

「えっ……？」

「どうしても会いたい人……」

タツミちゃんに詰め寄られ、後退《あとずさ》る。といっても、温泉に浸かったままなので、すぐに行き場を失ってしまう。タツミちゃんの澄んだ瞳から逃《のが》れるように、視線を逸《そ》らす。のぼせてきたのかもしれない。身体が熱い。なんだか、ぼーっとしてきた。うまく思考がまとまらない。会いたい人。死者に会える。そんなことが本当にあるのならば私は——

「死んだ父さんに……会えたら……」

気がつくと、そう口にしていた。

口の中はカラカラに渇《かわ》いていた。喉《のど》が張りついてしまっているかのようにひりついた。

「よかった。実は私、ひとりで行くのが不安だったんです」

安堵《あんど》からか、タツミちゃんが柔《やわ》らかな笑みを浮かべる。

「いっしょに行きましょう。チャンスは夜の間だけだそうですから」

これから、タツミちゃんは死者に会えるという温泉を目指して発《た》つつもりだという。場所もそう遠くないらしい。そしてチャンスは夜のうちだけ。私にとっては、今だけ……。

いそいそと立ち上がり、脱衣所へ向かう彼女の背中を見つめながら、ひりつく喉を唾液《だえき》で潤《うるお》す。なにを迷うことがあるのか。そんな思いが芽《め》生《ば》える。

六代目もガイさんも、すでに眠っている。いつものように、事前に部屋も調べてある。霊的なお札《ふだ》は貼《は》っていなかった。旅館の従業員や他の客の中に、不審《ふしん》な者はいなかった。

湯口からは絶《た》え間《ま》なく新しい湯が流れてくる。未《いま》だ星は瞬《またた》き、静かな夜はまだ終わりそうにない。朝までに帰れば……。私も、一度くらい……。

そうして揺れ動いているのは、表向きのものにすぎなかった。なぜなら、私の中の理性は、すでにひとつの答えを選んでいたからだ。あとは、踏み出すだけだった。

いつもの旅装束《たびしょうぞく》に着替え、タツミちゃんとともに旅館を抜け出した私は、真夜中の宿場《しゅくば》町《まち》を歩いていた。当然のことながら他に人はおらず、店も閉まっていた。

ひんやりとした夜の空気を湯上がりの肌《はだ》で感じながら、あたりを見まわす。

人でごったがえしていた昼の光景が嘘《うそ》のようであった。活気があったぶん、かえって物《もの》寂《さび》しさが際立《きわだ》って見えてしまう。そのうちに、昼とは違った景色が見えてくるようになる。

色褪《いろあ》せたのぼり。錆《さび》の浮いた看板。傷《いた》んだ屋台。

陽《ひ》の光のもと、賑《にぎ》わう町中《まちなか》では特に気にしなかったものたちだ。

それらを眺めていると、誰もが眠りに落ち、誰ひとりとして目覚めることのない世界にひとり取り残されてしまったかのような気持ちになる。

「飲泉所《いんせんじょ》に寄りましょう」

町外《まちはず》れまでやってきたところで、前を歩いていたタツミちゃんが振り返った。この先、しばらく山道を行くことになるらしい。喉が渇くので温泉を汲《く》んでいこうというわけだ。

「このボトル、使ってください」

と、真新しいボトルを渡される。飲泉所で使われる専用のボトルだ。

湯の国には、このボトルに入れた温泉を歩きながら少しずつ飲んでいくという健康法がある。ボトルを首から下げて、近所の公園を散策している人をよく見かける。

私たちもそれに倣《なら》い、持ち歩くための温泉を汲んでいく。

無人の飲泉所では、昼間と変わらずいつでも新鮮な温泉が供給されていた。

溢《あふ》れるほどたっぷりと汲み終わったら、さっそくフタに備《そな》えつけられているストローを使って飲んでみる。少し鉄分が含まれているのだろうか。どう表現したらいいのか、うまくもなければまずくもないという味だが、健康のためと思えば飲めないことはない。

ちなみに、このボトルに付けられているストローだが、わざと少量しか飲めないようになっている。強い成分の温泉をいっぺんに飲むと胃が驚くので、ゆっくりと口に含むようにしながら飲むというわけだ。

ちびちびと温泉を口に含みながら、私たちは夜の山道を進みはじめた。星明かりがあるとはいえ、さすがに夜の山は暗い。しかしタツミちゃんは躊躇《ちゆうちよ》することなく歩いていく。

タツミちゃんの、温泉ではまとめていた長い髪が目の前でゆらゆらと揺れる。こっちにおいでと誘っているかのように揺れる。

「もう少しですから」

タツミちゃんは、すでに息を切らしていた。登山道から外れて、一気に足場が悪くなったためだ。ハァハァという微《かす》かな呼吸音を聞きながら、彼女の背中についていく。

一度下見にでも来ていたのだろうか。暗いなか、まるで歩《あゆ》みに迷いがない。

そうして、どれくらい経《た》っただろうか――ボトルの温泉が半分ほどになったところで、タツミちゃんが足を止めた。目の前の斜面に、一際《ひときわ》濃い闇が現れる。洞窟《どうくつ》だ。

「ここです……！」

息を整《ととの》えながら汗をぬぐうタツミちゃん。こんなところに、本当に死者に会える温泉があるのだろうか。確かに人が寄りつかなさそうな場所ではあるが……。

タツミちゃんとともに、洞窟に足を踏み入れる。夜の空気とはまた違った、ひんやりとしていながらも湿気を含んだ空気が肌にまとわりつく。

星明かりが届かない闇の中を、このまま進むのはさすがに危険か……と思っていたら、タツミちゃんがロウソクに火を灯《とも》した。淡《あわ》い光が、洞窟内をうっすらと照らし出した。

「なにもないよりマシですよね」

えへへと笑いながら、タツミちゃんが手燭《てしょく》――持ち手のついたロウソク立てを掲《かか》げた。

先を行くロウソクの小さな炎に導《みちび》かれるように、私たちは洞窟の奥へ奥へと歩《ほ》を進めていく。もし本当にこの先に死者に会える温泉があるのならば、ロウソクの炎は、まるであの世へと向かっていく魂のように思えた。人は死んだら、このような場所を通ってあの世へと行くのかもしれない。そんなことを、ふと思う。

そのまましばらく進んでいると、道の先にうっすらと光が見えてきた。

あれこそが、目当ての温泉なのだろうか。暗い洞窟内を歩き続けていると、やがて目の前に光が見えてきただなんて、本格的にあの世へ来てしまったかのようだ。

進むたびに、光に近づいていく。そして、開けた場所に出た。

と、同時に——歩みを止めた私は、腕でとなりにいたタツミちゃんを止めた。

「待って。誰かいる……！」

すぐさま近くの岩陰《いわかげ》に身を潜《ひそ》めて、様子を窺《うかが》う。

巨大な空洞のようになっていたそこには、たくさんのロウソクが並べられ、多くの人が集まっていた。少なくとも二十人くらいはいるだろうか。真夜中だというのに、こんな洞窟の奥にそれほどの人数が集《つど》っているというのは尋常《じんじょう》なことではない。

しかし真に驚くべきは、人数ではなくその者たちの格好《かっこう》にあった。

その場にいた者すべてが、頭の先から足下《あしもと》までをすっぽりと覆《おお》う長いローブのような衣装を身につけ、顔の前には布を垂らしていたのだ。

これでは表情どころか、体型も性別すらもわからない。

なぜ皆、あえて顔を隠しているのだろうか。なんとも不気味な雰囲気だ。顔を隠している布には、円の中に三角形をあしらった見慣《みな》れぬ模様が描かれていた。

「みんなでお祭りの練習……ってわけじゃなさそうだよね」

声を押し殺して、そうつぶやく。集団の中にひとりだけ色違いの衣装を着た者がおり、どうやらその人物が中心となって行っているなにかの集会のようだが……。

たくさんのロウソクに照らされて、謎の集団から伸びた影が洞窟の壁面でゆらゆらと揺れ動いていた。広々とした空間だが、このロウソクのおかげで内部の様子がよくわかる。

どうやら死者と会える温泉は、ここにはなさそうだ。

引き返すべきと、私の中の直感がそう告《つ》げていた。しかし——

不意に、タツミちゃんが岩陰から出ていってしまう。

「タツミちゃん……!?」

「大丈夫ですよ」

タツミちゃんはそう言うと、手燭のロウソクを他のロウソクと並べて置いた。

「みんな仲間ですから」

振り返り、にこりと微笑《ほほえ》むタツミちゃん。

すると、色違いの服を着た中心人物が、私たちに気づいた。

「タツミさん、ちょうどいいところに来てくれました」

穏《おだ》やかな声。男だ。円と三角形が描かれた布のため顔は見えないが、声の調子や話し方から、それなりに若い男であると思われた。

「龍奇《リユウキ》さま」

タツミちゃんが男——龍奇に駆け寄る。

「約束どおり、新しい仲間を連れてきました」

「それはよかった。これから儀式をはじめようと思っていたところなんです」

親しげに話すふたり。なにが起こっているのかわからないまま、私は謎の集団に囲《かこ》まれていた。ちらりと背後の様子を窺う。人が邪魔《じやま》で、おいそれとは出られそうにない。

「タツミちゃん、これはいったい……？」

そう訊ねると、タツミちゃんが興奮した様子で答えた。

「龍奇さまは、温泉に祈りを捧《ささ》げることで、あらゆる奇跡を起こすことができるんです。どこにでもあるふつうの温泉を、どんな病《やまい》でも治せる温泉にしたり、死者と対話できる温泉にすることだってできるんですよ。私も、これから母に会わせてもらうんです」

キラキラと目を輝かせながら、そんなことを言う。

「この奇跡の力を使って、世界をより良い方向に導く……。それが私の夢なんだ」

そう言って、龍奇が両腕を広げた。布のせいで表情は見えないが、おそらく微笑んでいるのだろう。そのまま、穏やかな声で龍奇が続けた。

「でも、そのためにはたくさんの仲間がいる。国を超えて活動していかなければならないからね。なので、タツミさんにはお友達をひとり紹介してもらうことにしたんです」

それが私というわけだ。

タツミちゃんは、死んだ母親に奇跡の力で会わせてあげるから、集会に来るときには友達もいっしょに連れてきてと言われていたわけだ。それは、なんというか……。

私が表情を曇《くも》らせると、龍奇が簡素《かんそ》な造《つく》りの祭壇のようなところから飲泉用のボトルを取ってきた。祭壇のまわりにも、顔の布と同じ円の中に三角形の図形が描かれていた。

「あなたも今日から我々の仲間です。さあ、まずは入団の儀式を行いましょうか。祈りを捧げたこの奇跡の温泉水を飲《の》み干《ほ》してください。あなたに御利益《ごりやく》がありますように……」

なんとも仰々《ぎょうぎょう》しい仕草で、ボトルを手渡される。

「はあ、どうも……」

気のない返事をしながら、受け取ったボトルを口もとへ――

持っていかない。次の瞬間、私はボトルのフタを外し中身をぶちまけた。

「なにをッ!?」

周囲が騒然となる。が、私はおかまいなくボトルも投げ捨てた。

「ミライさん……!?」

タツミちゃんが驚きの声をあげる。

濡れた地面を見つめ、龍奇に視線を移した私は、微笑みながらこう告げた。

「ああ、すみません。ところで奇跡っていうのは、睡眠薬のことですか?」

一瞬にして、あたりが静まりかえった。タツミちゃんが「えっ?」と小さな声を漏《も》らす。

龍奇の舌打ちが聞こえたような気がした。

無言で後退した龍奇が、顎《あご》で私を指《さ》し示《しめ》すような動きをすると、周囲の連中が一斉《いっせい》に飛びかかってきた。後ろから羽《は》交《が》い締《じ》めにされ、左右から腕も押さえつけられる。

「龍奇さま、ど、どういうことですか……? ミライさんを放してください……!」

困惑《こんわく》するタツミちゃんを横目に、龍奇が吐き捨てるようにつぶやいた。

「ようやく生贄《いけにえ》が集まったと思ったら、最後の最後で妙に勘《かん》のいい女を連れてきて……」

先ほどまでの穏やかな声が一転、別人なのではないかと思うくらい声色《こわいろ》が変わった。

「だが、もう逃げられんぞ。すぐに儀式をはじめる!」

落ち着いた好青年といった雰囲気の声だったのが、今ではさながら野獣のようだ。

しかし、そこらの野にいる獣《けもの》がいくら吠《ほ》えたところで、私には無意味だが。

私を押さえつけていた者たちが宙を舞った。

「はあっ⁉」

龍奇の素《す》っ頓狂《とんきょう》な声が洞窟内に響《ひび》きわたる。

なぜ彼らが突然宙を舞ったのか。それはもちろん、私がぶん投げたからだ。

拘束《こうそく》を解《と》く際に、当て身を入れて放り投げたわけだが、彼らは完全に一般人だ。

なんらかの訓練を受けている様子が一切《いっさい》ないのだ。地面に転がり痛みにうめく彼らを見下ろしながら、しかし同情はしない。なぜなら、訊《き》きたいことがあったからだ。

「さっき『ようやく生贄が集まった』と言ったな？　その話、詳《くわ》しく聞かせてもらう！」

旅装束を脱ぎ捨て、任務時の服装になった私は、眼光鋭く周囲の者たちに警告する。

「全員動くな！　国境付近で起きているという誘拐事件の犯人はお前たちだな？」

「そのベスト……！」

後退り、龍奇が叫んだ。

「クソがああああっ！　木《こ》ノ葉《は》の忍じゃねえかあああああああああ！」

ガシャンと、後ろにあった祭壇にぶつかりながら、龍奇が慌《あわ》てて私との距離を取る。

「くそっ、くそっ、くっそぉ！　バカが！　なんでこんなやつ連れてきたッ⁉」

あからさまに狼狽《うろた》える龍奇。私を囲んでいた集団からも動揺の声があがる。

「黙っていてごめんねタツミちゃん。私、忍者なんだ」

口もとを手で押さえながら驚きに目を見開いているタツミちゃんに、笑いかける。

「さあて……」

再び鋭い目に戻り周囲を威圧《いあつ》した私は、龍奇に訊ねる。

「攫われた人たちは無事なのか？　なにを企《たくら》んでいる？」

すると、少し落ち着きを取り戻したのか、龍奇が静かに笑いはじめた。

「ははは……なにを……なにをだって？　さっきも言ったろ。私は世界を導くと……」

「そのために、生贄を……？」

「そうだ。誰にも縛《しば》られず、邪魔されず、世界に対して絶大な影響力を持つために必要なもの……それこそが儀式であり不死身の肉体！　私は今こそ、生命の理《ことわり》すらも超越した神に等しい存在となってこの世界を導くのだ！」

よく通る声だった。この男は、いったいどんな顔をしてこんな荒唐無稽《こうとうむけい》なことを言っているのだろう。顔を布で隠しているのが少し残念に思えた。

ところが次の瞬間、しんと静まりかえっていた洞窟内に拍手が巻き起こる。周囲にいた龍奇の仲間たちによるものだ。これには、さすがの私もたじろいでしまう。

そんななか、私以上に大きな衝撃を受けたであろうタツミちゃんが、呆然《ぼうぜん》と立《た》ち尽《つ》くしながらも静かに声をあげた。

「そんな……。それじゃあ、病気で困っている人を奇跡の力で助けるというのは……」

「そんなものウソに決まってんだろ！　組織の運営には金がいるんだよ！　しかたがないんだ。病気で困っている人たちもきっとわかってくれるはずだ！」

自嘲《じちょう》気味に笑いながら、「それに――」と龍奇が続ける。

「心が弱っている者ほど金になる。そういうやつらは、極端に視野が狭《せま》くなっていてね。だから、目の前にまやかしの希望をぶら下げてやるんだ。必死になって食らいついてくる様子を見るのが楽しくてねえ。まあ、安易《あんい》な希望にすがって騙《だま》されるほうが悪いだろ」

悪びれた様子すらなく、ついには自《みずか》らの手口を暴露《ばくろ》した龍奇が高らかに宣言する。

「すでに金は充分！　あとは不死身の肉体だけだ！　それで私は完璧《かんぺき》な存在になれる！」

そんな龍奇を前にして、タツミちゃんは泣いていた。

「それじゃあ、お母さんに会わせてくれるっていうのも、ウソだったんですか……？」

ぽろぽろと涙をこぼしながら、タツミちゃんは龍奇に詰《つ》め寄《よ》った。

「どうして、そんなウソを……っ！」

しかし、龍奇の口から発せられたのは予想外の言葉だった。

「お母さん？　ああ、それはホントだよ」

「……えっ？」

鼻を啜《すす》り、涙をぬぐいながら、龍奇を見上げるタツミちゃん。龍奇の声が、また元の穏やかなものに戻っていた。あまりの変わりようが不気味ですらあったが、不意打ちのような言葉に不気味さよりも戸惑いのほうが先にきてしまう。

龍奇が静かに告げる。

「ひとつ、タツミさんに伝えていなかったことがあるんだ。それは、私たちがふだんからもっとも大切にしている言葉――教義とでもいうべきものなんです」

話しながら、龍奇がおもむろに手を上げた。

タツミちゃんもまた、目の前で上げられた手をなにげなく見上げる。

その袖口《そでぐち》から見えるのは――

「『汝《なんじ》、隣人を殺戮《さつりく》せよ』」

刃物だった。龍奇の手に、小型の鎌《かま》が握《にぎ》られていた。

「これこそ、我《わ》がジャシン教の教え！　約束どおり、あの世で母親に会わせてやる！」

「タツミちゃん！」

地を蹴《け》り、私はふたりの間に割って入っていた。

タツミちゃんを抱きかかえたのと同時に、龍奇の振り下ろした鎌が深々と右肩に突き立てられた。しかしかまわず、私はそのままタツミちゃんとともに龍奇から離れる。

「くっ……！」

血が飛び散った。龍奇の握る鎌の刃先から、真っ赤な血液がポタポタと滴《したた》り落《お》ちる。

タツミちゃんが息を呑《の》んだ。

「ミライさん、私……」

「大丈夫。大丈夫だから、私のそばから離れないで」

簡潔にそう伝えると、私はすぐに龍奇に向き直る。右肩の傷なんてものは、たいしたことではない。それよりももっと重要なことがあった。

「お前……今なんて言った……？」

呼吸を荒くしながら、私は龍奇を睨《にら》みつけた。

「ジャシン教……だと……？」

それは、閲覧《えつらん》してはならないある極秘《ごくひ》資料に出てきた名前だった。

火《ほ》影室《かげしつ》の、誰もいない資料部屋で、こっそりと見た記録。忘れもしないその名前。

もちろん、バレればただでは済《す》まない。見つかれば拘束され、下手《へた》をすれば消される可能性すらある。しかし私には、どうしてもその資料を見なければならないわけがあった。

〝暁《あかつき》〟

それが、目当ての資料のタイトル。

何冊もあるファイルを次々とあさっていく。細《こま》かく記《しる》された記録を流し読みしていく。

そして、私はある記述を見つけ手を止めた。

猿飛《さるとび》アスマ　戦死

しばらく、その文字を眺める。不思議と、頭はいつも以上に冴《さ》えていた。

周囲を警戒しつつ、急ぎその前後の情報を丹念《たんねん》に読みこんでいく。

ジャシン教……それは、父と関連する記録に出てきた言葉。

ジャシン様という神様を崇拝《すうはい》し、殺人を是《ぜ》とする過激な教団の名だ。

しかしその実態は多くの謎に包まれており、どうやら湯の国で生まれた新興宗教らしいということくらいしかわかっていない。資料には追加調査の記録も残っていたが、教団の拠点《きよてん》はおろか、信者のただひとりすら見つけられずに終わっていた。それゆえ資料の最後には、調査担当者から『妄想《もうそう》の産物の可能性あり』とまで書かれていた。

ただひとつだけわかっていることは、父を殺した男がこの宗教の熱心な信者であったということだけだ。私は、その男を詳しく知るためにここにいる。

はやる気持ちを抑《おさ》えながら、資料をめくる。男の名は――

刹那《せつな》、人の気配に気づいた私は、慌てて資料を閉じた。誰かが部屋に近づいてくる。

――くそっ……。

もう少し見ておきたかったが、しかたがない。ここで捕《つか》まっては七代目に迷惑をかけることになるし、母を悲しませることにもなる。

すべての資料を元どおりにして、私は静かに部屋を抜け出した。

思えば規則だとかそういうものをあえて破ったのは、この日が生まれて初めてだった。


洞窟内は、しばしの静寂に包まれていた。

私は、目の前の男を改めてまじまじと見つめる。

目の前の男――龍奇は、確かにジャシン教と名乗った。

だとすれば、生贄を使い不死身の肉体を手に入れるという儀式の話も合点《がてん》がいく。荒唐無稽な話などではなく、俄然《がぜん》真実味を帯《お》びた話になってくる。なぜなら、かつて〝暁〟に所属していたという例の男も、不死身であったとされているからだ。

「本物……なのか……？　本当に、ジャシン教の信者だっていうのか……？」

私が訊ねると、龍奇が鎌《かま》を構えたままつぶやいた。

「その口ぶりからすると、我々のことを知っているということか……。ああ、なるほど、そうか木ノ葉の……。ならば、あの御方《おかた》を知っているのか」

なにかに納得がいったような様子で、龍奇が声をあげる。

「お前たち木ノ葉は、いや木ノ葉だけでなくこの国もそうだが、あの御方のことをまるで理解していない。世間はあの御方のことを『湯隠れの里が生んだ不死身の殺人鬼』などと言うが、しかしそれは大きな間違いであると私は声を大にして言いたい……！」

あの御方――〝暁〟の資料に出てきた男の話だ。

「そうそう、あの御方の話をする前に、この国の隠れ里の話をしよう。お前は、湯隠れの里が世間からなんと言われているか知っているか？」

「……………？」

よく意味のわからない問いに私が無言のままでいると、龍奇が静かに答えを口にした。

「『ぬるま湯隠れの里』だ」

その言葉に、思い当たる節《ふし》があった。

湯隠れの里の忍は練度《れんど》が低い。つい先日も、私は確かにそんな言葉を思い出していた。

「バカのひとつ覚えのように平和平和と叫ぶこの国、そしてこの里。結果、軍縮は進み湯の国は平和になった……ように見えた。だが、そんなものは見せかけだけだ。なにかあれば逃《に》げ惑《まど》い、他国の顔色を窺い、他里にすがり、自分たちだけではなにもできない。平和主義の名のもと、我々はいつまでも弱小国のままだ。あの御方は、そんなぬるま湯に浸かりきった里の中において、ただひとり苛《いら》立《だ》ちと危機感の狭間《はざま》で苦しんでおられたのだ」

熱のこもった口調で、龍奇が続ける。

「そうした苦しみの中におられたあの御方を救ったのが、ジャシン様でありジャシン教の儀式だ。平和という呪縛《じゅばく》から解放され、不死身の肉体を手に入れたあの御方は、この国のためにたったひとりで戦い続けた。人々に、自分と同じ苛立ちと危機感を与えるために。そうやってこの国を、そして世界を、導こうとしておられたのだ」

龍奇の声だけが、洞窟内に響いていた。周囲には他にも大勢の人がいるにもかかわらず、その息づかいさえ聞こえてこない。まるで、死体が立っているかのようだ。龍奇の熱気に満ちた演説とは裏腹に、あたりにはひんやりとした空気だけが漂っていた。

「あの御方はただの殺人鬼などではない。戦い、殺すこと。それこそがこの世界の、すべての生命のあるべき姿なのだと体現されていた偉大な御方なのだ。しかしあの御方の努力もむなしく、今また世界には平和という呪《のろ》いが蔓延《まんえん》している。誰もが積極的にぬるま湯に浸かろうとしている。それはなぜか。誰もあの御方の本当の姿を理解していないからだ。だが、私だけがそれを知っている。私ほどあの御方を理解している者はいない。だから、私があの御方の意志を継《つ》ぐ。誰もがひれ伏《ふ》す圧倒的な力となって世界を導くのだ！」

「そのためにに必要なのが不死身の肉体というわけか……」

「そのとおりだ。あの御方と同じ身体を手に入れ今こそジャシン様の教えを世界に——」

「お前みたいな胡散臭《うさんくさ》いやつに世界を導けるわけがないだろ」

龍奇の言葉を遮《さえぎ》ってそう言うと、今まで静かにしていた周囲の信者たちがざわついた。

「なっ……」

と、龍奇が言葉に詰まる。私は、そんな龍奇を真っ直ぐ見つめた。

「無責任に平和を口にする連中がお前のような者を生み出してしまったのだろう。それについては気の毒に思う……。だが、お前は危険すぎる。自分と同じ考えを持った者しか認めず、そういう人間としか付き合わない。他者には極端に厳《きび》しいわりに、自分や身内にはとことん甘く、目的のためには手段を選ばず暴力や殺人すらも肯定《こうてい》する。そんな人間が理想とする世界や国に住みたい人がいると本気で思っているのか？」

一見すると平和で治安の良い湯の国だが、この国の闇は思ったよりも深い。私個人が向き合ってどうこうなる問題でもなければ、すぐにでも状況が変わり解決するようなものでもないだろう。だが、目の前にはっきりとある悪意だけは、見過ごすわけにはいかない。

「お前はこの先、きっと多くの人を不幸にする……」

木ノ葉の額当《ひたいあ》てを、力強くぎゅっと結んで――

「世界デビューはさせない。その前に、今ここで私がお前を叩《たた》き潰《つぶ》す……！」

私はそう宣言した。

「くく……ははははは……『本気で思っているのか？』だと？　それはこっちの台詞だ」

くつくつと、龍奇が笑い声を漏らした。

「この状況を見ろォ！　多勢に無勢《ぶぜい》なんだよぉ！　たとえ忍といえども、足手まといを庇《かば》いながら我々全員を相手にたったひとりで立ち回れると、本気で思っているのか？」

龍奇の声に呼応したかのように、周囲の教団員たちが一斉に小型の鎌を手にした。緩慢《かんまん》な動きで、教団員たちが私とタツミちゃんを囲んでいく。

「ミライさんっ……！」

怯《おび》えるタツミちゃんを背に庇いながら、私はチャクラ刀《とう》を両手に装着した。

「そちらが武器を使うのなら、私も手加減はできないぞ」

鈍《にぶ》く光るチャクラ刀をぐっと握りしめ、構える。

「依然《いぜん》として、お前らが生贄であることに変わりはない。ただし、もう生《い》け捕《ど》りにするのはやめだ……ふたりとも殺せェエエッ！」

龍奇が吼《ほ》えたのと同時に、教団員たちが鎌を振り上げ襲いかかってきた。

私は、目の前に振り下ろされる鎌の刃先に向かって拳《こぶし》を突き出した。


こうしてチャクラ刀を握っているとき、私はいつも先生の言葉を思い出す。

「いいかミライ」

チャクラ刀を構える私に、先生が語りかける。

「風の性質変化は、チャクラをふたつに分けて摺《す》り合《あ》わせるイメージだ。ふたつのチャクラを互いに薄く鋭く研《と》いでいくようにな。まあ、これ全部受け売りなんだけどよ」

そう言って先生が苦笑する。

私の足下には、先生の足下から伸びた影があった。先生お得意の、影真似《かげまね》の術だ。

「オレが今まで見てきたアスマの技《わざ》――そのすべてをお前に教える……つっても、オレは体術はからきしでな。こうして身体で覚えてもらうしかねーんだが、覚悟はいいか？」

もちろんですと答えると、先生と同じ動きで、身体が勝手に動きはじめた。

くり返し、何度も何度も同じ動きを教わる。ゆっくりと、確実に、技のひとつひとつをこの身に染《し》みこませていく。かつて先生が目にしたすべて。父の戦い方を。

「さあ、チャクラを込めろ。そろそろ実戦といこうか」

――飛燕《ひえん》！

鎌の刃先とチャクラ刀が触れ合った瞬間――

スパッと、まるで豆腐《とうふ》でも切ったかのように、鎌の刃先が切断される。これが、高密度に凝縮《ぎょうしゅく》させたチャクラを刃《やいば》に変える術・飛燕だ。

父が好んで使用したというこの術は、武器の殺傷力を高めるだけでなく、チャクラのコントロール次第《しだい》で攻撃範囲を変えることも可能となる。チャクラの量を調整しやすくなるチャクラ刀と合わせることで、伸縮《しんしゅく》自在の光の刃を生み出すことができるのだ。

刃の長さを巧《たく》みに変化させながら舞うと、次の瞬間には教団員たちが手にしていた鎌がただの棒切れに変わる。乾いた音を響かせながら、切断された刃の部分が地面に落ちた。

と同時に、私を囲んでいた教団員たちも次々と崩れ落ちる。

「ウソだ……」

祭壇の前にいた龍奇が、茫然自失《ぼうぜんじしつ》といった様子でつぶやいた。

囲まれているといっても、せいぜい直接相手にするのは九人か十人ほど。武器を持っていても素人《しろうと》だ。術を使ってくるわけでも連携して攻撃してくるわけでもない。その程度の

相手に、後《おく》れをとる私ではない。

「龍奇……」

改めて、私は龍奇に向き直る。

「たったひとりでどうこうとか言っていたな……。忍を、なめるな」

飛燕をまとったチャクラ刀を向けると、顔布の奥で龍奇が小さく悲鳴をあげた。

周囲には、倒れ伏しうめき声をあげる教団員たち。残りの教団員は、戦意を失ったのか遠巻きに見ているだけで動こうとしない。

「これで終わりだ。お前を拘束する……！」

ゆっくり龍奇のもとへ向かう。すると龍奇が腰を抜かした。

「うわあああああっ！　く、来るな……ッ！　くそォォッ！　こんなところでこの私が、私は儀式により不死身の肉体を……そのために生贄を……うわああああああッ！」

悲鳴をあげながら後退る龍奇だったが、不意に部屋の奥にいた教団員にこう叫んだ。

「今すぐ生贄を連れてこいッ！　全員殺す！　もう関係ねえッ！　皆殺しだァ！」

混乱のなか、とっさに出た言葉だったのだろう。まるで筋《すじ》の通っていない話。だがこれがこの男の本性《ほんしょう》であり、その言葉には少なくとも私の足を止めるだけの効果はあった。

「しまった……！」

はっと見ると、教団員たちが洞窟の奥にある通路に駆けこんでいた。あの先に、生贄として誘拐された女の子たちが囚《とら》われていたのだ。

私の反応を見て、すぐに龍奇が笑いはじめた。

「そうだ、動くな。人質だ。お前が動けば、人質を殺す！　ハハハハァ、いいぞ。これぞジャシン様のお導き。日頃の信仰の賜物《たまもの》だァ」

呼吸を荒くしながら、龍奇がよろよろと立ち上がる。

「人質を助けたければ、大人《おとな》しく生贄になれ……」

「まるでベタな悪党だ。大人しくしていてもどうせみんな殺すのだろう？」

「よくわかっているじゃないか。だが、動けば先に人質を殺す」

どうする……。心臓が早鐘《はやがね》と化す。焦《あせ》るな。龍奇を先に拘束すれば、暴走した教団員たちが人質を殺しかねない。しかし、私が動かなくても、どのみち龍奇は儀式を行う……。

冷静を装《よそお》うも、よい考えが思い浮かばない。こんなとき、先生ならどうするのだろう。父さんだったら。木《こ》ノ葉《は》丸《まる》は七代目は。六代目やガイさんは……。

思考がまとまらない。まずい……。

と、そのとき――

「ぐあっ」

洞窟の奥から、声が聞こえた。

「うあっ」

さらに、声が。声とともに、人が倒れる音が聞こえてくる。

「龍奇さまァァァッ!」

「な、なんだ……どうした?」

教団員のひとりが、慌てて駆け戻ってくる。

「突然やたらと濃い男が……うっ!?」

バチィと耳障《みみざわ》りな音。教団員が痙攣《けいれん》しながらその場に倒れこんだ。

その後ろに立っていたのは——

「カカシさん!?」

指先に青白い電流をまとった六代目だった。

「ああ、やたらと濃い男ってのはオレじゃないから」

いつものように飄々《ひょうひょう》とした態度で、六代目が洞窟の奥を指し示す。そこからは、教団員たちの悲鳴と、ガイさんの熱い咆吼《ほうこう》が聞こえてきた。

ガイさんの威勢のいい掛け声が響くたびに、教団員の悲鳴がこだまする。

「な、なんだこの動き!?　た、助けギョォオオオオ!?」

「どうなってんだ!?　どうなってんダバァァアアアアア!?」

「ありえんッ！　こんな珍獣見たことないッヒィィヒイイン!?」

「ううわあああお母さああああああん！　オンギャアアアアア!?」

通路の奥からは、まさに阿鼻叫喚《あびきようかん》といった声が聞こえてくる。

――ガイさん、車イスでいったいどんな動きを……。

戦慄《せんりつ》を覚えながら謎の音声を聞いていると、やがて物音ひとつしなくなった。

するとすぐに、通路の奥から車イスのガイさんが姿を現す。

「カカシ、人質は全員無事だぞ！」

びしっと親指を立てて微笑むガイさん。ナイスガイなポーズがなんとも心強い。

「ああ、引き続き敵の拘束を頼む！」

同じく、びしっと親指を立てて返事する六代目。

「任《まか》せておけ！」

洞窟内に、ガイさんのよく通る声が響きわたった。人質の無事が確認できたことで安堵した私は、六代目に訊ねる。

「カカシさん、どうしてここに……？」

「いやね、夜中に旅館を出ていったから気になってね。お友達と遊びに行くだけなら別にかまわないんだけど、そのまま町を出て山に入っていくのはさすがにおかしいでしょ」

確かに真夜中にいきなり山に入っていくのを目撃したら心配になるだろう。影分身、もしくは口寄《くちよ》せの忍犬《にんけん》であとをつけていたということなのだろうか。気づかなかった。

「なんかごめんね。年を経《へ》るごとに心配性《しんぱいしょう》に磨《みが》きがかかっているみたいで……」

申《もう》し訳《わけ》なさそうにそんなことを口にする六代目だが、おかげで絶体絶命の危機を脱することができたのだ。むしろ逆にお礼を言わなくてはいけない。

「いえ、助かりました。勝手に抜け出して、すみません……」

ガタンと祭壇が音を立てた。逃げようとしていた龍奇がぶつかったのだ。

「カカシさん、この子を頼みます」

タツミちゃんを六代目に任せて、私は再びチャクラ刀を握り直す。

「龍奇、お前は私が拘束する……！」

「ひぃぃ、来るなァァァッ！」

祭壇を盾《たて》にするようにして無様《ぶざま》に悲鳴をあげる龍奇に近づいていく。

と、次の瞬間――

龍奇の悲鳴が笑いに変わった。

「ハハハハァ、かかったな！　よくぞこの距離まで近づいてくれた！　人間ってのは来るなと言われれば来たくなるもんだよなあ！」

腕を上げ、天を仰《あお》ぎ見《み》るようにして龍奇が高らかに宣言する。

「これより儀式をはじめる！」

「……………!?」

あたりを見まわすと、祭壇の周囲――私の足下には円の中に三角形が描かれた例の図形があった。私と龍奇は、ともにその図形の中に立っていた。

――悲鳴も、無様な姿も、私を近づかせるための罠《わな》……！

気づいたときには、すでに龍奇が動いていた。

「バカがァ！　油断したな！　不用意に近づいてきたお前の負けだァ！」

叫びながら、龍奇が祭壇に飾ってあった人形を手に取る。麻袋《あさぶくろ》でつくられた、粗末《そまつ》だがどこか不気味な人形だ。人形は、龍奇の指先から伸びた糸の下で頭を垂れていた。

一瞬、傀儡《くぐつ》人形かと身構えたが、指先から伸びているのは、ふつうの実体のある糸だ。

そもそも、忍ではない龍奇に傀儡の術など使えるはずもない。

片手に人形、そしてもう片方の手に小型の鎌を持った龍奇が、ゆらりと構える。

「お前らのせいでなにもかもめちゃくちゃだ……。おかげで、不死身の肉体になる前に、別の儀式を行う羽目《はめ》になった……。台無しだよ、せっかく準備してきたのにさぁ……」

言いながら、龍奇が鎌の先端をべろりと舐《な》めた。そこには、真《ま》っ赤《か》な液体——肩に振り下ろされたときについた私の血が付着していた。

「この私に御力《おちから》をお貸しくださいジャシン様ァ！　やつらに天罰《てんばつ》を与えてやりますゥ！」

「これはいったい……？」

私は目を見開いていた。龍奇の指先から垂れた糸が、じわじわと赤黒く染まっていく。指先から人形に向かって、まるで血が染みこんでいっているかのようだ。

そして、糸がすべて赤黒くなったのと同時に、麻袋の人形が頭を上げた。その顔には、髑髏《どくろ》のような気味の悪い模様が浮かびあがっていた。

「なんだこの術……」

見たこともない術だった。術にはそれぞれ系統というものがあるのだが、どの流れから来ているものなのかすらわからないというのは珍しいことだ。

「ミライ、離れろ！」

六代目が叫ぶ。こんなに切羽詰《せっぱつ》まった六代目の声を聞いたのは初めてだった。

「もう遅い！　すでにお前は呪《のろ》われた！」

しかし、そんな六代目の声をかき消すかのように龍奇が叫ぶ。

「『呪術《じゅじゅつ》・軀司《くじ》操血《そうけつ》』」

突然、足が地面に吸いついてしまったかのように動かなくなる。

「忍術じゃなくて……呪術だと……？」

「これが、相手の血を使うことで呪いをかけるジャシン様の御力だ！　今やお前の身体とこの人形は完全に繋《つな》がっている！　そしてこの術は死んでも解けることがない！　つまりお前は、死体となっても永遠に私の操《あやつ》り人形となったのだァァァッ！」

龍奇が指先を動かすと、人形がすとんと腰を落とした。すると私の身体も、勝手にその場にへたりこんでしまう。

「うぅ……!?」

いくらもがいても、身体の自由が利《き》かない。

「できればこの術は使いたくなかった……。かなり力を溜《た》めないと使えないからな……。おかげで不死身の肉体を得るための儀式が遠のいた……。だが、私の夢のため、お前たちはここで始末する……。誰にも邪魔は……させない……」

しだいに、龍奇の呼吸が荒くなっていく。

「女ァ、まずはお前を殺す……！　次にお前を操ってそこのふたりを殺す！　そして最後に、奥にいる暑苦しい顔をした男を殺す！　これで計画は狂わない……私は次のチャンスを窺いながら、再び不死身の肉体を目指す……なにも問題はない……！」

苦しげな呼吸音を響かせながら、龍奇が鎌を振り上げた。そして、ぐったりとした人形目がけて一気に振り下ろす。人形の胸に、深々と鎌が突き立てられた。

瞬間、私の身体がびくんと痙攣する。

「かはっ……」

口から大量の血が溢れ出る。ぼたぼたと血を流しながら、私はその場に倒れ伏した。

「ふ……はは……ははは、やったぞ……。あと三人だ……殺《や》ってやる……！」

龍奇が指先を動かすと、その場に倒れ伏していた人形が立ち上がる。同時に、血まみれの私も立ち上がる。これこそが、死してなお解けない呪いの術。

「さあ、そのふたりを殺せェエェッ！」

龍奇が、六代目とタツミちゃんに向かって人形を差し向けた。が、私は動かない。

「なぜだ……？」

龍奇が、必死になって人形を動かす。しかし私はまるで反応しない。というか、反応するわけがない。そもそも私は龍奇の術にかかってすらいないのだから。

だから、もちろん口から血などは吐いていないし、もっといえば肩の傷すらない。

そんな私の姿を見て、六代目がにこりと微笑んだ。

「まさかすでに幻術《げんじゅつ》にかけていたとはね……」

「そ、そんな、馬鹿な……」

狼狽える龍奇に、微笑みかける。

「温泉水の味は、どうでしたか？」

「あ、ああ……血じゃ……ない……？」

龍奇が、ゆっくりと人形を見下ろした。

龍奇の手にした人形は、最初に見たときと同じようにだらりと頭を垂れていた。顔に髑髏の模様もなければ、糸が赤黒く染まってもいない。ただの操り人形のままだった。

そして龍奇の手にした鎌にべっとりと付着していたのは、血ではなくただの温泉水。ここに来る途中で、私がタツミちゃんとともに飲泉所で汲んだものだった。

「やつが血を使って術を発動させるということを、よく知っていたな」

感心する六代目に、私は得意げに話す。

「ジャシン教って聞いた瞬間、『血を媒介《ばいかい》にして未知の術を使う』っていう資料の一文を思い出したんです。だから念のため、わざと血を流したように見せかけておいたんです」

そう言って、私はタツミちゃんからもらった飲泉用のボトルを取り出した。ボトルには深々と鎌が突き立てられた跡《あと》があり、中の温泉水がすべて流れ出てしまっていた。

「ウソだ……確かに、肩に突き刺した……」

よろめきながら、うわごとのようにつぶやく龍奇。

確かに、龍奇の鎌は私の肩に振り下ろされた。しかしタツミちゃんを助けようとふたりの間に割って入ったあのとき、私は片手に持ったボトルで鎌を受け止めていたのだ。

飛び散ったのは、血ではなく温泉水。鎌に付いたのも、温泉水。

とっさの幻術によって、私はそれをあたかも血のように見せかけた。そして龍奇は、飛び散る血液と肩に突き立てられた鎌の幻を見た。

もっとも、本来であれば忍でもない龍奇がそこらの鎌で攻撃してきたくらいでは、特殊繊維《せんい》が編《あ》みこまれた木ノ葉のベストを貫通することすらできないのだが……。

それでも念のため、罠や切り札を用意しておく。これも先生から教わったことだ。

「それなら、あの血の味は……」

そこまで言って、龍奇がハッとする。

「温泉水……まさか、鉄分……!?」

苦々《にがにが》しげに、龍奇がうめく。

人間の味覚とは意外と曖昧なもので、視覚や嗅覚《きゅうかく》に依存するところも大きい。

私が傷を負《お》った様子を見て、そして鎌に付いた赤い液体を見て、すっかり血だと思いこんだ龍奇の舌には温泉水に含まれていた鉄分がまさしく本物の血の味に感じられたのだ。

「さあ、次はどうする……？」

私が一歩踏み出すと、龍奇が一歩後退った。

「まだ罠や切り札があるのなら、さっさと出したほうが身のためだぞ……？」

さらに一歩。龍奇の手から、人形の糸がこぼれ落ちる。

ただ捕まえるだけでは、この男はなにも変わらない。多少の痛い目だけでは足りない。

この先もずっと世の中を憎み、よからぬ野望を抱《いだ》き続けることだろう。

それを完全になくせるかどうかはわからないが、なにをしても無駄《むだ》ということを徹底的にその身に叩きこまねばならない。そうでもしなければ、将来に禍根《かこん》を残すことになる。

「いいか、よく聞け……」

一歩一歩、龍奇に近づいていく。

「この先、きっとお前はまた、誰かを不幸にしようとするだろう。だが、お前がよからぬことを企むたび、私は何度だってお前の前に立ちはだかる。どんなに策を弄《ろう》しても、私は常《つね》にお前の何十手も先を読む。絶対に、未来永劫《えいごう》お前の思いどおりにはさせない……！」

そしてついに、私は龍奇の眼前に立った。

「ううわあああああっ！」

今度こそ、龍奇が本当の悲鳴をあげる。心の底から恐怖した者の声だった。

私の拳――握ったチャクラ刀を中心として風が渦巻《うずま》いていく。洞窟の中にもかかわらず、あたりの大気がざわついた。やがてその風は、私の腕全体を覆っていく。

風遁《ふうとん》の術は、先生の奥さん・テマリさんに教わったものだ。

前風影《かぜかげ》の娘にして現風影の姉上――つまりは砂隠《すながく》れの里のお姫様であるテマリさんは、忍界の中でも一、二を争うほどの風遁使いでもあった。

「さて、お次は風遁なんだが、これればかりはオレにはどうしようもねえ。そこでだ――」

そんな先生の提案で、テマリさんに風遁を教えてもらうことになったのだが……。

テマリさんは、超が付くほどのスパルタだった。

「こういうのは、口で言ってもしょうがない。身体で覚えな」

ぶっきらぼうにそう言うと、テマリさんは持っていた扇《おうぎ》を一振り。すると突風が巻き起こり、私の身体は瞬く間に宙を舞った。が、すぐに落ちた。べちゃりと着地に失敗する。

身体で覚える。確かに身のこなしや技の感覚など、言葉で説明するだけではわからないことも多いが、それにしてもこの夫婦、教育方針が同じだ。

その日から、私は修業のたびにテマリさんの扇に煽《あお》られ宙を舞う羽目になった。

黙っている時は美しいが少し怖《こわ》い印象のあるテマリさん。しかし、私を吹き飛ばした後ごくまれに無邪気《むじゃき》な笑みを見せることがある。シカダイが受け継いでいるあの笑みだ。

そんなテマリさんから何度も突風を浴びせられているうちに、先生はどうしてこんな恐ろしい女と結婚したのだろうと、思うようになった。

そして、そんなことを思う頃には、全身に嫌というほど風遁の感覚が染みこんでいた。


なつかしき修業の日々を思い出しながら、私は腕にチャクラを集中させる。

~~正直もう二度と戻りたくない。~~雑念を捨ててひたすら集中していく。

この術は、テマリさんが使うカマイタチの術をベースに、七代目や木ノ葉丸の螺旋丸《らせんがん》をイメージして形づくったものだ。掌《てのひら》でチャクラを留《とど》め圧縮、回転させることは難しいが、私はそれと似たようなことを握りしめたチャクラ刀を基点として腕全体で行う。

言ってみれば、腕に台風をまとうのだ。そしてその台風とは、回転する風の刃だ。

これこそが、殴《なぐ》り、抉《えぐ》り、穿《うが》つ。打撃でもあり斬撃《ざんげき》でもある私の術。その名も——

——風遁・旋風拳《せんぷうけん》！

龍奇の腹に、拳を叩きこむ。その瞬間、腕にまとった風が龍奇の身体を突き抜けた。

突風に煽られ吹き飛んだ龍奇は、そのまま洞窟の壁面に叩きつけられ崩れ落ちる。

もちろん、殺しはしない。動けなくしただけだ。忍ではない龍奇に本気で風の刃を叩きつけてしまったらとんでもないことになってしまうので、今回は抉り穿たないで衝撃波だけにしておく。かつて、修業中にテマリさんがそうしてくれたように……。

倒れ伏した龍奇を素早《すばや》く拘束する。

「う、あ……この私が……こんなところで……。まだだ。私は、あの御方のように……」

苦しげにうめく龍奇。これほどまで追い詰められても、未だ消えぬ強い執着心《しゅうちゃくしん》。それはもはや怨念《おんねん》とでも呼ぶべきものだった。しかし――

「龍奇といったか。皮肉な名だ……」

拘束された龍奇を見下ろして、六代目が静かに語りかける。

「名こそ『龍』だが、お前じゃ『飛車』にもなれないよ。永遠にな」

龍奇の荒い息づかいだけが、静かな洞窟内に響く。

もどかしげにブルブルと拳を握り、震わせるも、龍奇の拳はただただ虚空《こくう》を摑むのみだった。そのまま龍奇は押し黙ると、それ以降なにも語らなくなった。

その瞬間、私は龍奇の心が折れる音を聞いたような気がした。

「あとは湯隠れと湯の国に任せるしかないね」

言いながら、六代目はてきぱきと周囲に倒れていた他の教団員たちも拘束していく。

「湯隠れの里に忍犬を向かわせている。じきに来るだろう」

そのあまりの段取りのよさに、私は面食らっていた。

「もう連絡を⁉　いくらなんでも早すぎませんか⁉」

驚きのあまり訊ねると、六代目がいつものように微笑んだ。

「実は、今回の任務は彼らの動向を調べるためのものでもあったからね」

龍奇や教団員たちを指し示しながら、六代目がさらっと告げる。

休暇がてら国境付近の未開発地域の視察という今回の任務。

しかしその本当の目的は、火《ひ》の国と湯の国——両国の国境付近でここ最近暗躍している
ジャシン教を名乗る正体不明の宗教団体の調査をも兼《か》ねたものであったのだという。

木《こ》ノ葉《はがく》隠れの里と湯隠れの里で連携して、教団の実態解明のために動いていたのだ。

「そのために、キバ、テンテン、チョウジの三名には、ただの観光客を装って各地で情報収集を行ってもらっていた。みんな途中で会ったでしょ？」

微笑みながら、さらりとそんなことを言う。

確かにキバさんにもテンテンさんにもチョウジさんにも会った。しかしそれは偶然そうなったのではなく、必然だったということ。人の多い観光地にあちこち寄り道したのも、わざわざ酒の席に付き合ったりしたのも、すべて情報を集めるため……。

つまりこの任務は、休暇に視察に情報収集、それらすべてを同時に……。

考えれば考えるほど、頭が破裂しそうになる。

「な、なぜそれを私には……」

「相手は実態の摑めていない謎の宗教団体だ。どこに信者がいるのかわからない。どこに本拠地《ほんきょち》があるのかもわからない。だから、一般人を装って情報を集める必要があった」

「教えてくれてもいいじゃないですか」

「いや、君の任務はあくまで護衛であって情報収集じゃないからね。それに未開発地域の調査や地図づくりも誰かがやらなければならないことだから」

言われてみれば確かにそのとおりだ。情報収集は六代目の下《もと》、キバさんやテンテンさんやチョウジさんがやっていたのだ。

「いや、でも、それにしてもですよ……」

なおも私が食い下がると、六代目が力なく微笑んだ。

「確かにオレも悩みはしたのよ。でも、言ったら信者を捜《さが》そうと肉食獣のような目をしてさらには警戒心剝《む》きだしで行動しそうで、ついね……」

そんなことしませんよ！　とは言えない。そんなことしそうだと自分でも思うからだ。

どのみち、聞かされても私が情報収集するわけではないのだ。

むしろ、知らずに他の任務に集中できてよかったとすらいえる。こうして私が教団のアジトに入りこめたのも、その話を知らなかったからこそなのかもしれない。

望んでいるものはなかなか手に入らなくて、そうでないものばかりがすんなりと手に入ることがある。たとえそれが別の誰かが心底望んでいるものであったとしても、当たり前のように持っている人はその価値に気づけない。

龍奇も、きっとそういう人生を送ってきたのだろう。ふと、そんなことを思った。

「ま！　任務ってのは適材適所だから。なにはともあれ、お手柄《てがら》なのに変わりはないよ」

ハハハと、六代目が笑った。

やってきた湯隠れの忍たちによって龍奇たちが連行された頃には、朝になっていた。

人質の女の子たちも無事保護され、事件は解決した。

教団の実態や構成員などは、これからの取り調べでやがて明らかになっていくだろう。

「くぅ～、朝日が目に染みる……青春だな！」

洞窟から出たところで、ガイさんが元気な声をあげた。やってきた湯隠れの忍たちに敵と間違えられ拘束されかけたのだが、それでも青春らしい。

深呼吸するガイさんに倣って、私も爽《さわ》やかな朝の空気を堪能《たんのう》する。洞窟内の空気が淀《よど》んでいたためか、気分がいい。一睡もできなかったが、今では目が冴えてしまっていた。

そして私は、先ほどからずっとうつむいているタツミちゃんに声をかけた。

「タツミちゃん、どうしたの？」

「私……ミライさんを騙してしまって……。なんと謝《あやま》ったらいいか……」

タツミちゃんから消え入りそうな声が返ってくる。タツミちゃんは、死者に会える温泉と言って私を洞窟に連れてきたことを悔《く》いていたのだ。

しかし――

「これ」

と、私はタツミちゃんからもらった飲泉用のボトルを取り出して見せた。ボトルには、龍奇の鎌を防いだときにできた傷がくっきりとあった。

「せっかくくれたのに、ごめんね。謝るのは私のほうだよ」

そう言って、笑みを浮かべる。温泉水を持っていなければ、龍奇の罠を逆手に取れなかったかもしれないのだ。私にとってこのボトルは命の恩人のようなものだ。

「それに、タツミちゃんだって騙されていたんだから。気にすることないよ」

「でも、私は……」

涙を浮かべながら顔を上げたタツミちゃんに、私はある想《おも》いを伝えた。

「私ね、最近悩んでいたことがあったの……。忍ってなんだろう。なんのために自分は忍になったのだろう。今までのつらく苦しい修業はなんだったのだろうって、いろいろわからなくなっちゃって……」

言いながら、思わず苦笑してしまう。

「でも、タツミちゃんを背に庇いながら戦っている時にふと思ったんだ。『私はきっと、今この時のために修業をしてきたんだ。忍になったんだ』って」

真っ直ぐタツミちゃんを見つめる。

「戦えてよかった。力があってよかった。友達を助けることができてよかった。あの時、心の底からそう思ったんだ」

「友達……」

「いっしょに温泉に入って、いっしょに星空を見上げたのなら、それはもう友達だよ」

私たちふたりは、偶然にも同じことを考えて、同じ時間、同じ場所で出会った。

そしてふたりとも生まれたままの姿で、温泉に入って語り合った。星空を眺めながら感動を分かち合った。これが友でないのなら、いったい誰を友と呼べばいいのだろう。

「温泉って、みんなが幸せになれる場所だと思うんだ。そんな場所で出会った私たちは、同じ幸せを共有することのできる者同士なんだよ。それって、友達だよね」

そう言うと、タツミちゃんが涙をぬぐいながら頷いた。

なぜ忍を目指したのか。なんで忍者になったのか。

あまりに当たり前すぎて、ときどきわからなくなってしまうというだけで、本当はわかっていた。知らず知らずのうちに気づいていた。私はずっと、その答えを知っていた。

私は、誰かの未来を守りたいのだ。

そして、誰かの未来を守るということは、誰かの今を守るということ。

誰かの今とは、父さんの守りたかった未来だ。

そんな世界に、そんな時代に、私は生きている。

父さんが先生に託した想いを、先生が私に託してくれたように、私も未来に、次の世代にこの想いを託しつなげていく。それが、私が忍になった理由。

私は、風に舞う一枚の木の葉だ。次に芽吹《めぶ》く若葉に、空の青さを伝えていこう。世界の広さを伝えていこう。それが、私の役目だ。

「私……もう後ろを振り返るのはやめようと思います……」

タツミちゃんの濡れた頬《ほお》に、笑みが戻っていた。

「ふるさとに帰ってちゃんと母の供養を済ませたら、前を向きます」

木々の隙間《すきま》から降りそそぐ光が、タツミちゃんをやさしく照らしていた。

彼女の進む先に待っている未来も、この木洩《こも》れ日《び》のようにやさしく明るいものになるに違いないと、私は思う。

「じゃあ、みんなで旅館に帰りましょうか」

穏やかな気持ちで下山をはじめる。

暗かった山道もすっかり明るくなり、進むべき道が見えてくる。わりと苦労して登ってきたはずの山道だったが、明るいところで見ると意外とたいしたことはなかった。

「そうだ。ところでミライ」

なにかを思い出したように、六代目が口を開いた。

「はい？」

清々《すがすが》しい気分で山道を下りていた私は、にこやかに振り返る。

「ジャシン教の資料がどうのこうのって言ってたけど、あれって閲覧禁止じゃ……」

心臓が飛び出そうになった。一瞬にして、私の顔から血《ち》の気《け》が引いていく。

そういえば戦いのなか、資料を読んだことを得意げに話したような気がする……。

息が苦しい。まともに呼吸ができなくなってくる。冷や汗がヤバイ。身体が小刻《こきざ》みに震えてくる。心なしか、目の前の山道すら凄《すさ》まじく険《けわ》しいものに見えてきた。この症状は、確実になんらかの呪術だった。

「あう、あっ……そ、それは……かはっ……あの……あうぅ……」

しどろもどろになっていると、六代目が急に大袈裟《おおげさ》な口調になった。

「ああ、そういえばだいぶ前にオレが閲覧の許可を出したんだっけな」

「……え？」

「……なにかあったときには、こういう路線でどうかな？」

小声でそう言って、微笑む六代目。先代火影の器《うつわ》の大きさを垣間見《かいまみ》たような気がした。

「ぬうう、さすがに車イスで下山はきついな……。だがオレは負けんぞ……！」

そこに、ガイさんのそんな声が聞こえてくる。

「こうなったら、そこの崖《がけ》から一気に……！」

とてつもなく物騒なことを言いだしたガイさんに慌てて駆け寄る。

「て、手伝います！」

「お、すまんな」

ガイさんの車イスを押しながら山を下りていく。朝からみんな汗だくだ。

陣頭指揮を取るかのように宿場町を指さしながら、威勢のいい声をあげるガイさん。

「よぉーし、帰ったらみんなで朝風呂だあ！」

「えっ、混浴ですか？」

私のとっさの反応に、六代目がため息をついた。
「そんなわけないでしょ……」
それを聞いて、タツミちゃんがクスクスと笑いだす。
そんなタツミちゃんの笑顔を見て、私も照れ笑いを浮かべた。
旅館に戻ったら、さっそくタツミちゃんといっしょに、もう一度温泉に入ろう。
燦々《さんさん》と輝くお日様の下、今度はきっと、前よりももっと話が弾《はず》むはずだ。
ふたりの間に、もう嘘や隠し事はないのだから。

エピローグ

とある旅館の片隅《かたすみ》——

はたけカカシは、電話口の前でひとり佇《たたず》んでいた。

里への定時連絡は護衛として同行する猿飛《さるとび》ミライの仕事だったが、この日はいつもとは事情が違っていた。任務が無事終わったことを告《つ》げるついでに、カカシが自《みずか》ら電話をしなければならないある理由があったからだ。

「ああ……すでに火《ひ》の国に入っている。じきに帰れる」

現在地を告げると、カカシはなにげなく周囲に人がいないことを確認した。

「……それで、例の件はどうなった？」

気持ち小さめの声で、そう訊《たず》ねる。

電話の向こうにいたのは、七代目火影《ほかげ》・うずまきナルトだった。

「そうか……サスケとサクラが。それはよかった。サラダも喜んだろ」

ふたりが話しているのは、以前、旅館で受けた緊急の電話の件だ。

「で、その子たちは……ああ、カブトが……。ああ、それでいい。ありがたいな」

カカシの声色《こわいろ》が、少しばかり柔《やわ》らかなものとなる。

「お互い無事に終わってなによりだ……。ああ、そうだ。ミライはよくやってくれたよ」

電話の向こうから聞こえてくるナルトの声に耳を傾けながら、カカシは苦笑した。

「そうだな。最初はそんな感じだった。お前が心配していたのもよくわかったよ」

そうして、改めて真面目《まじめ》な口調に戻る。

「漠然《ばくぜん》としたテロリストへの憎しみ。強すぎる正義感。堅《かた》真面目で融通《ゆうずう》の利《き》かない性格。確かにどれも危《あや》ういものだ。お前が不安に思ってオレのところに寄こしたのもわかるよ。なにせお前は、幼い頃からたくさんのそういったものを見てきたのだからな……」

言いながら、カカシは自然と微笑《ほほえ》んでいた。

「だが、杞憂《きゆう》だったたな。彼女は大丈夫だ。お前だって本当はわかっていたんだろ?」

ナルトの返答を聞いて、カカシは再《ふたた》び苦笑《にがわら》いを浮かべた。

「お前……昔よりも心配性《しんぱいしょう》になったたな……。ま! それはオレもかな」

ハハハッと思わず声をあげて笑ってしまう。

「お互い、里のみんなの家族になった身だ。その気持ちはわかるよ。むしろ、少しくらい心配性のほうがうまくいくものだ。いざという時に、きちんと決断できればそれで……」

と、そこで――

カカシは廊下の向こうからやってくる車イスの男に気づいた。親友のマイト・ガイだ。先に旅館の玄関で待っていたはずのガイの登場に、カカシはここでナルトとの電話を終えることにした。残りの用件を手短に伝えていく。

「――それじゃあ、まもなく帰路につく……ああ、よろしく頼む……」

ナルトからのひと言に、カカシは小さく笑《え》みを漏《も》らした。

「いや、いい休暇だったよ」

そうして静かに電話を切って向き直ると、カカシはすぐさまガイに訊ねた。

「どうした?」

「いやな、このままだと里に着く前に日が暮れてしまうと、ミライが怒っていてな……」

そう言って、ガイが困ったような顔をした。

「オレとしては、それならそれでもう一泊くらいしていってもいいのだが……」

そんなガイの言葉に、カカシは頷《うなず》いた。

「ああ。ひさびさに地元の温泉もいいものだ……。そうするか?」

「しかしミライがなあ……」

腕を組んで考えこむガイ。このぶんだと、電話が終わるのを待っている間、相当ミライがイライラしていたのかもしれない。カカシはそんなことを考える。

「そんなにオレの電話は長かったか？」

「まあ、そうだな。ミライが無言で行程表を書き直しはじめたくらいには」

「そんなに怒っているのか……」

そんなことを言いながら、ふたりでミライのもとに向かう。

カカシとガイが、並んで廊下を進んでいく。

「……実際、よくやってくれている」

しばしの沈黙のあと、ガイがぽつりとつぶやいた。もちろん、ミライの話だ。

「ああ……」

微笑みながら、カカシが答える。そして、なにとはなしに話を切り出した。

奇《く》しくも湯《ゆ》の国で己《おのれ》の因縁《いんねん》とでも言うべき相手と相見《あいまみ》えることになったミライの姿を見て、カカシにも思うことがあったからだ。

「……連行された龍奇《リユウキ》という男だが、難病の患者や家族を亡《な》くした者に近づいては、言葉巧《たく》みに金銭を騙《だま》し取《と》っていたそうだ……」

「惨《むご》いことを……それでミライも……」

「おそらくな……。だが、もしどんなケガでも治《なお》せる温泉があると言われたら、オレも心が揺れただろうなと、ふと思ってな……」

そんなカカシの言葉に、ガイが声をあげて笑いはじめた。

「まだオレのことを気にしてくれていたのか。あれから十何年も経《た》っているんだぞ？」

豪快に笑うガイとは対照的に、カカシは神妙な面持《おもも》ちのままだった。

「だが、お前の足を治せる温泉があったら、オレは……」

「カカシ、もういいんだ……」

真《ま》っ直《す》ぐ前を見つめたまま、ガイが続けた。

「オレは今、生きている。こうしてお前と話せている。それだけでいいんだ。だいたい、足の一本や二本なんだっていうんだ。その代わりに、お前がいつだってオレのとなりにいてくれたじゃあないか。それ以上望むことなどあるものか」

ガイは穏《おだ》やかな顔をしていた。それを見て、カカシもひとり静かに頷いた。

そこに――

「カカシさん、ガイさん、なにしてるんです？　このままだと今日中に帰れませんよ？」

カカシとガイの姿を見るなり、待っていたミライが声をあげた。

「どうするんですか？　途中で夜になってしまいますよ？」

厳《きび》しい口調で詰《つ》め寄《よ》られ、カカシの目が泳いだ。

「んー、それなんだけど、今日は途中の宿場町《しゅくばまち》でもう一泊でもいいかな、なんて……」

じっと見つめてくるミライの視線から逃《のが》れるように目をそらしながら、そう答える。

すると——

「まあ、そうなりますよね。のんびりいきましょうか」

そう言うと、ミライが書き直した跡《あと》のある行程表を広げた。そこにはすでに、今日の夜は旅館に泊まり、木《こ》ノ葉《は》に到着するのは明日《あした》の午後という予定が書かれていた。

「里にはあとで連絡しておきます」

言いながら、ミライがゆるい笑みを見せた。

そんなミライの様子《ようす》に、カカシも思わず笑顔になってしまう。

「じゃ、引き続き護衛も頼むね」

「そうだぞ。里に帰るまでが任務だからな！」

ガイが力強く拳《こぶし》を握《にぎ》りしめる。

「任《まか》せてください！　それが、私の専門ですから」

ミライが笑顔のまま答えた。

湯煙の向こうにあるふるさと目指《めざ》して、三人の旅はあと一晩だけ続く。

NARUTO-ナルト-
木ノ葉新伝 湯煙忍法帖

2016年8月9日 第1刷発行
2016年9月13日 第2刷発行

著者 岸本斉史◎ひなたしょう

編集 株式会社 集英社インターナショナル
〒101-8050 東京都千代田区一ツ橋2-5-10
TEL 03-5211-2632(代)
装丁 高橋健二(テラエンジン)
編集協力 添田洋平(つばめプロダクション)
編集人 浅田貴典
発行者 鈴木晴彦
発行所 株式会社 集英社
〒101-8050 東京都千代田区一ツ橋2-5-10
TEL 03-3230-6297(編集部)
03-3230-6080(読者係)
03-3230-6393(販売部・書店専用)
印刷所 共同印刷株式会社

Printed in Japan
ISBN978-4-08-703401-1 C0093

検印廃止

本書は書き下ろしです。

JUMP j BOOKS：http://j-books.shueisha.co.jp/

本書のご意見・ご感想はこちらまで！

http://j-books.shueisha.co.jp/enquete/